춘천대길

春川大吉

—

'춘천대길' 서체는
우안 최영식 화백의 서체로
부드러움 속에서 느껴지는 기개는
허영이 꿈꾸는 희망, 강한 의지와 맞닿아있다.

2023년 11월 10일 초판 1쇄 발행

글   허 영
삽화   백 하

펴낸이   원미경
펴낸곳   도서출판 산책

등록   1993년 5월 1일 춘천80호
주소   강원도 춘천시 우두강둑길 23
전화   (033)254_8912
이메일   book8912@naver.com

ISBN 978-89-7864-003-9   정가 20,000원

국회의원
허영의 다섯 가지
마음길 산책

춘천대길

春川大吉

허

영

함께 품은 희망은 현실이 됩니다

/

춘천시민 여러분! 국민 여러분! 21대 국회의원 허영입니다. 지난 4년 동안 정말 열심히 달려왔습니다. 너무 오랫동안 멈춰있던 춘천을 위해, 부지런히 속도를 냈습니다. 혼자라면 결코 여기까지 오지 못했을 겁니다. 함께해주신 춘천시민 여러분 덕분입니다.

빠르게 달려왔습니다. 주변의 많은 것들이 쏜살같이 멀어지곤 합니다. 하지만 절대로 멀어지지 않는 것도 있었습니다. 시민 여러분과의 소중한 약속이 제게는 그랬습니다. 한순간 지나가는 풍경이 아닌, 가슴 속에 단단히 자리잡은 희망이 되어 제가 딛는 모든 걸음을 든든하게 지지해주셨습니다.

지난 4년은 제게 남다른 의미가 있습니다. 시민들 곁에서 12년을 기다려 받은 기회입니다. 세 번 도전의 12년 동안 함께 울고 웃으며 해야 할 일은 점점 더 분명해졌습니다. 춘천은 어떤 곳이며 어떤 사람들이 사는지, 이 사람들에게 희망과 행복이란 무엇인지, 그것을 어떻게 더 키워나갈 수 있을 것인지… 뚜렷한 형상이 제 가슴에 새겨졌습니다.

후회 없는 4년을 보내기 위해 흔들리지 않을 목표가 필요했습니다. 발전의 원동력이 어디에서 기인하는지에 따라 각각의 목표를 세웠습니다.

먼저 춘천의 내재적 요소 중에서는 '호수'에 주목했습니다. 댐이 들어선 이후로 생긴 호수는 춘천의 상징이었습니다. 외지에서 온 관광객들에게는 특히 그랬을 겁니다. 하지만 이곳이 삶의 터전인 사람들에게는 족쇄와도 같았습니다. 이를 성장과 발전의 열쇠로 바꾸는, 대전환을 이뤄내기 위해 의암호 상중도 일대에 '춘천호수국가정원' 조성을 약속했습니다.

다른 하나는 춘천을 둘러싼 구조, '자치'제도 그 자체입니다. 지역이 처한 현실은 지역 당사자들이 가장 잘 압니다. 중앙정부가 지원은 해줘도 결정까지 내려서는 안 됩니다. 우리 운명을 스스로 결정하기 위해서라도 춘천이 속한 큰 틀을 바꿔야 했습니다. 그래서 춘천이 으뜸 도시인 강원도를 '강원특별자치도'로 승격시키겠다 다짐했고, 결국은 해냈습니다.

여기에는 제 지난 4년 의정활동의 철학이 압축적으로 담겨있습니다. 중앙정부 또는 수도권 위주로 구축되어온 사회구조를 헌법상 균형발전의 취지에 맞게 지역 친화적으로 개선하고, 지역 내부에서 걸림돌로 인식되던 문제들도 도리어 디딤돌로 활용하는 발상의 전환을 통해 지속 가능한 발전을 추구하려는 것입니다. 그것이 우리 춘천을 살리는 길입니다.

앞으로도 할 일이 참 많습니다. 춘천과 함께하면 할수록 더 늘어나겠지요. 지금까지 그래왔듯, 그 모든 과정을 시민들과 함께해 나가고 싶습니다. 함께 품은 희망은 현실이 됩니다. 제가 제 이름을 따서 농담처럼 말하곤 했던 "허허벌판에서, '0'에서 시작하는 이야기"도 그렇게 내일로 향합니다. 이 책을 읽으시는 여러분 모두가 길벗이 되어주실 거라 믿습니다.

감사합니다.

2023년 10월 어느날
국회의원회관 835호에서
허 영

하루하루의 날들은 마음속에 있다

/

나는 지금도 잊지 못한다.

2017년 나는 허영과 러시아 횡단열차를 탔다. 당시 허영은 국회의원이
아니었다. 우린 바이칼 호수 내 올혼섬까지 갔다. 그곳에서 나는 사막을
보았고, 엉뚱하게도 사막엔 사막여우가 산다는 믿음으로 나는 이곳저곳을
쏘다녔다. 그때 허영은 그런 내 모습을 카메라에 담았다. 그 사진은 여행
에세이 〈매혹과 슬픔〉에 수록되었다.

허영이 찍은 10박 11일의 기록은 지금도 큰 감동을 준다. 1만여 장이 넘는
그의 기록은 100여 장으로 줄여졌고, 나는 그 사진 기록에 따라 글을 썼다.
그 속엔 호랑이 홍범도 장군의 슬픈 역사와 페치카 최재형의 아픈 이야
기가 담겨 있다. 여행에세이 〈매혹과 슬픔〉은 세종 나눔도서로 선정되어
독자들의 기대를 한 몸에 모았었다. 그러나 코로나가 발생하고, 현 상황이
러시아와는 외교적으로 거리가 멀어지자, 러시아는 이제 갈 수 없는 먼
나라가 되어 버렸다.

훗날, 러시아와의 교류가 잦아진다면, 다시 한번 그 길을 가보고 싶다.

그날은 밤을 새웠다.

2020년 총선일인 그날은 전국에서 가장 뜨거운 격전지로 관심을 받았다.
왜냐하면 허영과 김진태와의 대결 때문이다.

나는 친구 이외수 작가와 밤을 새워 개표현황을 지켜보았다. 새벽에 당선
확정이란 보도가 떴을 때, 친구 이외수는 뛸 듯이 기뻐했다.

허영은 이제 국회의원이 되었다.

춘천의 민의를 대변하고, 춘천의 구석구석을 살피고, 지난날보다 더욱 발전된 춘천을 그려낼 청사진이 그에게 주어졌다. 무엇보다 국가의 현재와 미래를 책임질 막중한 임무가 그에게 맡겨졌다.

허영의 제일 공약은 호수정원이다.

이 담대한 청사진은 허영의 주도로 법적 장치가 마련되어 착착 실행에 옮겨지고 있는 중이다. 길고 거대한 프로젝트이다.

이것이 실현된다면, 춘천은 이 나라 제일의 호수정원이 될 것이다. 이것으로 더욱 풍성하고 다채로운 문화예술의 도시가 전개될 터이다. 문화적 인프라를 구축하는 일은, 세세만년 번영을 누리는 기반이 되기 때문이다.

허영은 늘 귀를 기울여 듣는다. 그리고 크고 작은 것들을 꼼꼼하게 챙긴다. 그는 진심으로 춘천을 사랑하는 사람이다. 춘천이 그의 뼈와 살을 키우고 춘천이 그의 사상을 굳건하게 하기 때문이다.

올바름과 올곧음만이 허영의 길이다.

그동안 이재명 대표 체포동의안이 두 번 있었다. 나는 그럴 때마다 전화나 문자를 넣었다. 항간에 떠도는 소문의 진위를 물었다. 허영 의원은 이렇게 말했다.

선생님 제자인데 그럴 리가 있겠습니까. 저는 올바르게 나아가겠습니다. 저는 당연히 부!입니다.

나는 허영의 마음과 허영의 행동을 믿는다. 허영은 고려대 총학생회장을 하면서 민주화운동을 하다 체포된 사람이다.

나는 그런 그를 믿고 자랑스럽게 생각한다.

허영. 그는 연극이 하고 싶다.

강원고등학교 학생 시절, 그는 수줍은 미소년이었다. 그런 그가 연극을 함으로써 뚜렷한 자기확신을 갖게 되었다. 그건 자부심이라 해도 좋았다. 그의 생각이 올곧고 바른길이라면 우리가 어찌 그를 응원하지않을 수 있겠는가.

허영은 진실한 생의 연극이 하고 싶다.

생의 고통을 알고, 무엇이 나아갈 길인지를 알며, 어떻게 하는 것이 참인지를 깨닫는 사람. 그런 사람이 되는 일은 굳센 의지가 있어야 한다.

지난날, 이외수 작가와 나, 그리고 서울시장 등이 참여한 북콘서트에서 나는 이렇게 당부했었다.

그저 건강하게, 바른 마음으로 산다면, 그 어떤 일도 해낼 수가 있습니다. 그렇게 춘천과 나라를 위해 봉사해 주세요.

지금도 그런 마음이다.

건강한 몸, 건강한 정신으로 사람들을 대해 주세요. 웃음과 관용과 굳센 의지가 당신의 마음속에 깃들어 있어요. 우린 그걸 알아요.

최돈선 시인

허영을 바라보는 마음

정치인 허영은 의인이다

/

　정직과 진실이 통하지 않는 시대를 혼세라 한다. 폭정과 학정에 산하가 울고 민심이 시드는 시대를 난세라 한다. 난세와 혼세에 정직과 진실을 뼈와 살 삼아 돌올히 정의와 희망을 밝히는 자를 의인이라 한다.

　정치인 허영은 의인이다. 어떠한 순간에도 사람의 바른길을 벗어나지 않는다. 허튼 말로 속이지 않고 삿된 마음으로 자신의 안락을 구하지 않는다. 춘천의 봄냇물 같은 사람, 이 어둡고 캄캄한 시대에 참되고 따뜻한 정치인 하나쯤 살아있다는 것은 얼마나 놀랍고도 귀한 일인가. 그가 있어서 기쁘다.

류　근 시인

성찰을 통해 행복함을 아는 사람!

/

"안다는 것은 좋아함만 못하고 좋아한다는 것은 즐기는 것만 못하다."
이런 멋진 말이 있지만 이게 쉬운 일일까?
그렇지만 내가 아는 허영 의원은 즐기는 삶을 아는 사람 같다.

벌써 30여 년이 넘게 지난 봉의산 아래 교동 야트막한 소나무 그늘
아래에서 만났던 해맑간 허영이나 바쁜 의정활동을 하면서도 동네 어른
들과 주름진 손 마주 잡으며 소주 한 잔 달게 마시는 허영 의원은 그저
세상을 모두 같이 즐기고 싶다는 표정이다.

행복한 삶이란 성찰을 통해 자신을 바로 알고 진정으로 남을 배려하는
마음을 갖는 것이 아닐까?
아리스토텔레스의 행복도
'타자(他者)의 눈망울 속에서 진정한 나를 보는 것'이라 했다.

수줍던 양구소년이 연극무대에서 자폐 학생을 연기할 때나, 학생시위
주도 혐의로 슬기로운 감방 생활을 할 때나,
어렵고 힘든 길이지만 누군가는 꼭 해야 할 일이기에 무심히 걸어갈 때의
허영 의원은 주위의 모든 사람들과 행복하고 말겠다는 해맑갛고 선한
'공익의 눈빛'이었다.

'천체의 움직임은 계산할 수 있어도 인간의 광기를 계산할 수 없다'는 뉴턴의 말이 떠오른다.

부디 허영 의원의 선한 공익의지가 모든 이의 가슴 속에 깊이 새겨지길.

이일규 강원고 연극반 활동 당시 지도교사

contents

여는 글 함께 품은 희망은 현실이 됩니다
허영을 바라보는 마음

Part.1   **초심**
마음가짐은 초선답게 의정활동은 다선처럼

처음의 마음을 뛰어넘는 '초심'   22
835호에서의 첫 기억   24
영서로 2153으로 오세요!   26
마음가짐은 초선답게, 의정활동은 다선처럼   28
오래된 헌법에서 만난 기본소득   30
정치를 잘 해야 하는 이유   32
정치인에게 날아온 손편지   34
보좌진들이 잘 차려놓은 밥상에   36
유세 1. 아빠의 선거   38
유세 2. 하루에 50통 이상은 꼭꼭!   40
유세 3. 걸어서 100km 차로 2,200km   42
유세 4. 토론, 자세히 따져보면 답이 보입니다!   44
다시 긴 호흡, 강한 걸음으로   46

부재(不在) : 그리운 사람들_
• 잘못은 솔직히 사죄하고, 다시 시작할 수 있는 용기   48
• 역사는 더디다, 그러나 진보한다   52
• 이 국민이라면 할 수 있다!   54
• 우주의 중심은 아픈 곳, 고통받는 곳이다   56
• 올바로 잘 사는 노나메기 세상을 위해   58
• 은석아, 너의 모든 것이 춘천이었다   60

Remember 감자의 꿈   62

정치는 여의도의 말이 아닌, 현장의 발로 하는 것!   64

30년 전의 열정을 소환하는 법   66

그래도 평화!   68

일 잘하고 정치적 희망이 있는 사람   70

Part.2   중심
유연하지만 강한 중심, 우듬지를 닮고 싶은 정치

특별한 희생에는 특별한 보상이 필요하다   74

평화로운 강원특별자치도   76

고뇌의 '협치'   78

봉하의 기적   80

진정한 첫걸음   82

'소맥'말고 '예맥'!   84

서면대교가 필요한 이유   86

권력의 사유화도 가지가지   89

캠프페이지와 허영 1호 법안   92

역세권법 1호 사업   96

우는 사람과 함께 울라   99

자치분권, 셋만 낳아 잘 기르자!   102

오늘 행동하지 않으면 내일은 없다   104

후진적 건설사고는 이제 그만!   107

아파트 해결사 1   109

아파트 해결사 2   112

아파트 해결사 3   114

입증책임의 전환   116

'핫'할수록 안전하게!   119

감사가 아닌, 감시는 이제 그만!   122

'도와주세요' 대신 '도와드릴게요'   124

대학도시 춘천   126

나를 바로 서게 하는 뿌리 같은 마음_

· Mr. 스마일   129

· 말하는 힘보다 듣는 힘   132

· 희망은 힘이 셉니다   134

· 새 100년 포럼   136

· 혁신   138

· 오늘을 사는 주인공들에게   140

Part.3 **뚝심**

춘천호수국가정원이 희망이다

물 때문에? 물 덕분에!   144

앉으나 서나 정원생각 1   146

앉으나 서나 정원생각 2   150

앉으나 서나 정원생각 3   152

앉으나 서나 정원생각 4   154

앉으나 서나 정원생각 5   156

두근두근, 첫 번째 정원   158

청평사와 K-정원   160

지속가능한 네트워크 정원   164

내가 꿈꾸는 시민들의 정원   166

Part.4   **심기일전**
          나한상의 얼굴을 한 투사

나한상의 얼굴을 한 투사   170

막말정치, 그만하시죠!   174

그게 국익입니까?   176

그런 장군을 쫓아내다니요!   178

다시, 촛불   181

참 이런 정권 처음봅니다   182

소외된 이들을 위한 목소리_

• 교통오지? 이젠 아니거든!   184

• 50년 참았으면 됐지요? 물값 제대로 받읍시다!   187

• 농민이 살아야, 나라가 살지요!   189

• 느린학습자가 어때서? 1   192

• 느린학습자가 어때서? 2   194

• 수많은 전태일을 위해   196

• 기계 앞에서 작아지는 이들을 위해…   199

• 작은 목소리가 가져온 변화   202

Part.5 **수구초심**
춘천대길 그리고 나의 근본이 되는 모든 것

다 여러분 덕입니다   206

불변의 법칙 1. 출퇴근   208

불변의 법칙 2. 아침루틴   210

찾아가는 민원   212

체력이 국력? 지역력!   214

전통시장은 나의 힘   216

35년 전, 포스터 속 허영   218

나의 최종 꿈은 연극배우!   220

커피사랑   222

끈질기게! GTX-B 노선연장   224

정현자 애(愛)찬론 1. 아내의 생일   226

정현자 애(愛)찬론 2. 결혼기념일   228

정현자 애(愛)찬론 3. 영셰프되기   230

정현자 애(愛)찬론 4. 언제나 함께   232

착하게 그러나 단호하게 234

모모와 루오네 집 236

유봉의 사위 238

저와 함께 '착한 돈쭐' 어떠세요? 240

정치는 효도다 242

우리사회의 뿌리이자 버팀목 244

선배시민이라고 들어보셨나요? 246

어버이날은 왜 안 쉬지? 248

세배 249

나를 울린 생일상 250

아버지의 땅, 어머니의 밭 251

• 허영 50문 50답 260
• 허영이 발의한 법안 264

香川大吉川

Part.1

초심 初心

마음가짐은 초선답게
의정활동은 다선처럼

유독 근심과 걱정이 많은 시기입니다. 끓어오르는 분노가 반복될수록 시민 여러분의 지지와
성원으로 더 강해지고 있습니다. 하지만 마음가짐은 항상 초심을 잃지 않고 있습니다. 더 듣고
더 뛰겠습니다.

처음의 마음을 뛰어넘는 '초심'

따끈따끈한 당선증을 받자마자
당당하게 '초심'이라는 단어를 꺼냈더군요.
뭐, 초선 국회의원에겐 단골 멘트이긴 하지만….
그래도!
2020년 4월 16일, 당선증을 처음 품에 안은
저의 진심 어린 고백을 다시 한번 읊어봅니다.

"당선증을 받았습니다. 고맙습니다.
더 겸허히 듣고, 더 열심히 뛰겠습니다."

"초심을 잃지 않겠다고
진심을 다해 시민 여러분을 섬기겠다고 약속합니다."

생각했던 것보다 더 뛰어야 할 날이 많고
처음을 떠올릴 겨를조차 없는 상황들이 몰려옵니다.

저에게 초심初心은 처음의 마음을 뛰어넘는 초심超心입니다.
당선증을 품에 안은, 결의에 찬 허영의 눈빛이
계속 뒤통수를 쫓는 느낌입니다.

무엇보다 빛나는 당선증
2020년 청소년이 직접 뽑은 '제21대 청소년모의투표'에서 학생들로부터 당선되다!

835호에서의 첫 기억

국회의원회관 835호 첫 입주 날.
신입사원 허영이 제21대 국회의원 임기를 시작하면서
국회의원실에 집기를 배치하던 날이 아주 또렷하게 생각납니다.
그 날은 아내와 결혼 21주년이기도 했거든요.
숫자 '21'은 저에게 많은 인연과 운명을 엮어주었네요.

/

835호의 안쪽, 제 방에 들어갔을 때 처음 느낀 건
마룻바닥이 주는 생경함이었습니다. 다른 방은 마루가 아니거든요!
이전에 이 방을 쓰시던 의원님께서
본인의 취향에 맞게 바닥 리모델링을 하신 것 같더라고요.
잠시 빌려 쓰는 공간, 그냥 그대로 두는 거지 뭐 어쩌겠습니까.
일과는 전혀 관계가 없는 부분이니까요.
여하튼 제 첫 공간이 마룻바닥인 이유입니다. (내가 한 거 아님!)

/

새벽 등원해 하루를 힘차게 열고
첫 의원총회 참석 후, 835호에 앉아
SNS에 이런 비장한 글을 남겼네요.
"처음은 늘 설레지만, 늘 첫 마음을 가슴에 담는 시간입니다."
이행시도 했더군요.
"채비! 채움을 게을리하지 않고, 비움을 두려워하지 않겠습니다."

835호 첫 명패는

4.16세월호참사가족협의회 아버님들께서 손수 만드신

'기억, 책임, 약속'의 명패입니다.

어머님들께선 노랑나비를 달아주셨습니다.

세월호와 아이들을 기억하고, 안전사회를 건설하는 데 끝까지 함께하겠습니다.

/

아직도 835호에 들어설 때마다 첫 무언가를 기억합니다.

처음과 첫 번째.

의미는 다르지만 오래 기억에 남는다는

공통점이 있는 것 같습니다.

영서로 2153으로 오세요!

네, 지금부터 제가 소개할 곳은
춘천의 진입대로인 영서로와 경춘선이 교차하는 지점에 위치한
국회의원 허영의 춘천 사무실입니다.
백만빌딩 2층에 위치한 이 사무실의 가장 큰 장점은
아무래도 문턱이 닳을 정도로 '바람 잘 날 없다는 것!'

우당탕탕 춘천 사무실의 24시, 궁금하신가요? (기본적인 업무 설명은 패스)

빼꼼- 문을 열고 들어오는 시민들의 민원을 듣고, 종종 토론도 합니다.
어떨 때는 삶의 애환을 어루만지고 위로하는 경청의 장이 되기도 하지요.
제가 없을 땐, 따뜻한 보좌진들이 대신 귀를 열어줍니다.

듣는 힘으로 여러분의 마음을 열어드릴게요.
'춘천대길'의 기운이 뿜어져 나오는 이곳,
영서로 2153, 2층으로 냉큼 오세요!

참, 그리고 보니 석사천 부근이었던가요.
마당이 있는 2층집을 빌려 카페 같은 사무실을 만들고 싶었는데
보좌진을 포함해 모두가 결사반대했다는 건 안 비밀!
접근성이 영 별로였다네요.
지금 생각해보니 고집 안 피우길 잘한 것 같습니다.

Part. 1 초심
마음가짐은 초선답게 의정활동은 다선처럼

마음가짐은 초선답게, 의정활동은 다선처럼

'수습기간'은 없다!
초선임에도 불구하고 꽤 과감한 도전이었습니다.

2020년 5월 12일 더불어민주당의 원내부대표로 선임된 데 이어,
대변인과 국회 예산결산특별위원, 국토교통위원, 정치개혁특별위원까지….
거기에 코로나19국난극복위원회,
6.15남북공동선언 20주년위원회 등
당내 주요 기구의 위원으로 각각 위촉돼 활동했습니다.

그뿐만 아니라 각종 연구모임에도 활발하게 참여해
그야말로 여의도 '인싸'*의 면모를 제대로 보여줬달까요.
하지만 저의 마음은 늘 춘천에 머물고 있었던 것 같습니다.

"언제나 춘천시민을 가슴에 품고,
희망을 드리는 정치를 품격있는 정치를,
춘천의 자존심을 세우는 정치를 해나가겠습니다."

30일 임기 시작에 앞서 다짐했던 각오입니다.
하지만 '인싸'를 포기할 순 없었습니다.

왜냐하면!
국회의원이 나가서 당당해야 그 지역의 자존심이 서기 때문입니다.

지역에선 그 당당함으로 두려움 없이 활보해야,
시민들에게 눈에 보이는 희망을 드릴 수 있을 테고요.

마음가짐은 초선답게, 의정활동은 다선처럼!
돌이켜보면 순수한 열정과 능구렁이,
그 사이 어딘가에 제가 있었네요.
겸허하고 겸손한 '인싸'*가 되겠습니다!

* 인싸 | 인사이더의 줄임말로 무리에 잘 섞여 노는 사람들을 말한다

오래된 헌법에서 만난 기본소득

제헌절을 맞아 오랜만에 제헌헌법*을 읽어내려가던 중
유독 한 조문이 시선을 멈춰 세웁니다.

"대한민국의 경제 질서는 모든 국민에게 생활의 기본적 수요를 충족할 수 있
게 하는 사회정의의 실현과 균형 있는 국민경제의 발전을 기함을 기본으로
삼는다. 각인의 경제상 자유는 이 한계 내에서 보장된다."

'제6장 경제'의 첫 조문인 제84조입니다.
무려 72년 전인 1948년에 제정되었지만,
현행헌법과 견주어도 전혀 손색이 없습니다.
오히려 더 나아가 '기본소득'의 취지와 맞닿아 있다는 생각이 들었습니다.
'사회정의'가 '경제상 자유'에 앞선다고 천명합니다.

저는 처음 출마할 때부터 기본소득법을 만들겠다고 공약했습니다.
많은 미래학자가 직업의 절반이 사라진다고 얘기하고 있습니다.
소득을 대체할 수 있는 완충 장치가 있어야 하는데
그게 바로 기본소득인거죠.

국회는 1948년의 제헌국회의 '오래된 미래'를
'현재'로 바꾸어야 할 책무가 있습니다.

* **제헌헌법** | 1948년 대한민국 제헌국회가 제헌하여 1952년까지 존재한 대한민국 헌법

국회 기본소득 연구포럼 창립총회

일시 2020년 7월 30일 오전 7시 30분   주최 국회 기본소득 연구포럼
장소 의원회관 제1세미나실

정치를 잘 해야 하는 이유

21대 국회의원으로 당선된 날.
참으로 오랜만에 깊은 단잠을 잤던 것 같습니다.
하루하루가 감동이고 감사한 그즈음, 한 페이스북 친구분께서
3학년 아들의 일기장 사진을 올리셨습니다.
선거 다음 날 쓴 일기였는데,
삐뚤빼뚤 서툰 글씨로 써 내려간 일기의 내용이 무척 감동입니다.

"자기 전에 허영 아저씨가 지고 있었는데
자고 일어나보니 이겼다. 너무 기쁘다."

그런데 그 이유가 더 대박입니다.

"똑똑하게 생기셨고, 공부를 잘 하실 것 같고 또 멋지게 생기셨다.
우리 동네를 잘 지켜주실 것 같다."

마지막 문장은 밑줄 쫙! 별표 하나! 돼지꼬리 땡땡입니다.
지금 읽으니 괜히 비장해지네요.

"허영 아저씨가 또 이겼으면 좋겠다."

3년이 지난 지금도 일기를 쓰고 있을지 모르겠지만,
일기의 주인공을 위해서라도 제 자신을 좀 돌아봐야겠습니다.
여전히 똑똑하고 공부를 잘 하는지,
시민들의 터전을 잘 지켜주는지 말입니다.
정치를 잘 해야 하는 이유, 이 정도면 충분하죠?

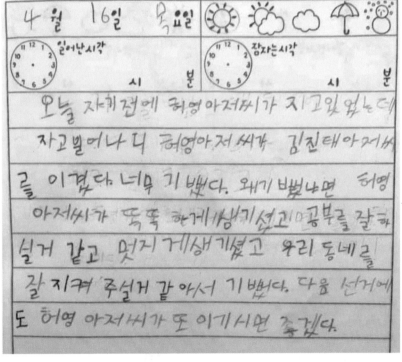

오늘 자게점에 허영아저씨가 지고있었는데
자고일어나니 허영아저씨가 김진태아저씨
를 이겼다. 너무 기뻤다. 왜기뻤냐면 허영
아저씨가 똑똑하게생기셨고 공부를 잘하
실거 같고 멋지게생기셨고 우리 동네를
잘 지켜주실거 같아서 기뻤다. 다음 선거에
도 허영 아저씨가 또 이기시면 좋겠다.

SNS에 게시된 감동의 일기장

정치인에게 날아온 손편지

활자에만 익숙한 요즘,
반가운 손편지를 받으면 기분이 참 좋습니다.
자판이 아닌 하얀 종이를 펼쳐두고,
연필로 꾹꾹 눌러
일면식도 없는 정치인에게 편지를 쓰는 일.
여간한 마음 아니면 쉽지 않은 일인데….
그 마음을 내어준 것에 그저 감사하기만 합니다.
날 선 정치 언어와는 결이 다른
담백한 격려의 말이 큰 힘이 됩니다.
하지만, 이 가지런한 손편지로부터
조급함을 느끼기도 합니다.

10.29 이태원 참사 희생자 어머님의 손편지가 국회사무실에 도착했습니다.
자식을 잃은 부모의 마음, 차마 헤아리기도 어렵습니다.
필체에서 슬픔이 배어 나옵니다.
비통한 마음을 잠시 미뤄두고
담담하게 편지를 써 내려가신 어머님들을 생각하니
「10.29 이태원 참사 진상규명 특별법」 통과에 대한 의지가 불타오릅니다.

반복해 읽던 편지를 잠시 접어두고,
답장 대신 정치로 할 수 있는 일을 찾습니다.

허 영 의원님

저는 10·29 이태원 참사 희생자 정주희의 엄마입니다.

지난 4월 20일 10·29 이태원 참사 진상규명특별법 공동발의에 참여 해 주신 점 감사드립니다. 참사의 진상규명을 바라는 우리 유가족들과 수많은 시민들의 목소리에 귀 기울여 주신 위원님이 있어서 가능했던 일이라고 생각합니다.

우리 유가족은 참사 1주기내에 늦어도 올해 안에는 특별법이 제정되어야 한다고 생각합니다. 이를 위해 최소한 6월안에 국회 본 회의에서 180명 이상 국회의원들의 찬성표로 특별법을 신속처리 안건으로 지정하는 일이 꼭 필요합니다.

위원님 부디 특별법을 패스트트랙으로 지정하는 안건에 표결해 주셔서 진상규명과 책임자 처벌에 한걸음 나아갈 수 있도록 도와주시길 간곡히 부탁드립니다.

우리 유가족들의 간곡한 호소에 응답해 주시기를 기원합니다.
감사합니다.

보좌진들이 잘 차려놓은 밥상에…

국감이 끝나니, 여기저기 외부단체에서
상을 준다고들 합니다.
그래서 활동자료를 요청하는데,
저는 거기에 일절 응답하지 않았습니다.
그런데 이 상만큼은 당에서 인정해주는 상이라 그런지
덥석 받게 됐네요.
'국정감사 우수의원'
제일 의미 있고 뿌듯한 상입니다.
우리 835호 보좌진들이 참 고생 많이 했습니다.
앞으로 원팀으로 열심히 뛰겠습니다.

2020년 12월

/

국토부 직원들이 주는 상과 더불어, 가장 받고 싶었던 상입니다.
민주당에서 수여하는 '국정감사 우수의원'에 2년 연속 선정됐습니다.
함께 고생한 우리 의원실 보좌진들 덕분입니다.
응원해주신 모든 분께 감사드립니다.

2021년 12월

2022년도 정기국회 '국정감사 우수의원'을 수상했습니다.

3년 연속 받았습니다. 내년에도 이어가겠습니다.

멋진 보좌진들에게 감사드립니다.

2022년 12월

/

해가 거듭될수록 수상소감이 짧아지는 건 기분 탓일 겁니다, 여러분!

아, 참고로 상을 주시겠다는 감사한 외부단체들이 종종 있는데요.

저는 올해도 여전히 마음만 받습니다!

유세 1. 아빠의 선거

고등학교 3학년인 저는 아빠의 유세에 많은 도움을 드리지 못하고 있습니다.
그래서 처음이자 마지막으로 멋있고 존경하는 아빠에게 힘이 되고 싶어
이 자리에 서게 됐습니다.

"저 사람이 더 잘생겼어!", "저 사람이 더 공부 잘 하는데?"
"난 이 색깔이 더 좋은데…. 이 사람 뽑아야지!", "아 모르겠고 그냥 아무나 뽑자!"

생각과 결정은 각자의 판단입니다.
하지만 국회의원 선거 만큼은!
그가 어떤 생각과 마음을 가졌는지, 춘천을 어떻게 발전시킬지
관심을 가지고 신중하게 선택해야 한다고 생각합니다.

국회의원이란, 게을리 일하고 자신을 따르는 자만 돕는 직업이 아닙니다.
국회의원이란, 춘천의 명예를 더럽히고 막말하는 사람이 아닙니다.
국회의원이란, 춘천의 구성원들을 이끌며 열정을 다하는 사람이라고 생각합니다.
저는 그 열정을 다 하는 사람이 저희 아빠 '허영'이라고 생각합니다.

저 또한 2002년생으로, 이번에 첫 투표를 하게 되었습니다.
첫 투표로 아빠를 뽑게 되어서 영광입니다.
제 인생에 있어 절대 잊을 수 없는 선거가 될 것입니다.
유권자로서, 춘천의 시민으로서, 허영의 아들로서
열정의 한 표를 찍겠습니다. 허영 파이팅! 아빠 파이팅!

2020년 4월 15일
제21대 총선, 무박 3일 끝장유세 대장정을 마치고
마지막 유세장에서 아들이

선거 치르느라 몰랐던 아들의 진심을 다시 보니 감회가 새롭습니다.
나뿐만 아니라 우리 가족들도 이렇게 성장해 있었네요.
늘 가족들에게 미안합니다. 그리고 사랑합니다.

2020년 마지막 유세현장에서
아들과 함께

유세 2. 하루에 50통 이상은 꼭꼭!

틈틈이 전화를 드리고 있습니다.
하루에 50통 이상은 꼭꼭!

수화기 넘어 다양한 말씀을 해주십니다.
다짜고짜 욕부터 하시는 분들도 있습니다.
우리가 싫다고 하십니다.

"왜 그렇게 일을 못하냐고!"

그래도 듣습니다!
아니, 더욱 잘 들어야 합니다.
더 열심히 걷고, 뛰고, 전화하겠습니다. 필승!

2022년 20대 대통령 선거기간 중
사무실에서

전화를 돌리면서 메모까지 꼼꼼하게!

유세 3. 걸어서 100km 차로 2,200km

"허영이 왔습니다. 대통령은 이재명!"
수백 번 반복 유세를 하며, 종일 유세차를 탑니다.

철원 유세를 마지막으로 약 2주 동안 민주당 강원도당위원장으로서
강원도 18개 시·군을 모두 찾아가는 대장정을 마무리 지었습니다.

춘천을 시작으로 동해안 남쪽 끝 삼척과 북쪽 끝 고성,
강원 내륙 최남단 영월. 그리고 최북단 철원까지.
도내 동서남북 끝에서 끝까지 누볐습니다.
한 분이라도 더 만나 뵙고자
도보로 100km 가까이 걷고, 차로 2,200km 넘게 달렸습니다.

승리로 향하는 6천 리의 여정이었습니다.
수많은 도민 분들을 직접 만나보니,
여론조사만으로는 잡히지 않는
밑바닥 민심이 생생하게 다가옵니다.

누가 민생을 위한 정책을 말하고, 그것을 실현할 역량이 있는지
제게 먼저 알려주시고 격려해주셨습니다.
반드시 기대에 부응할 것입니다.

2022년 3월 3일
20대 대통령 선거를 위한 강원도 18개 시·군 여정을 마치고

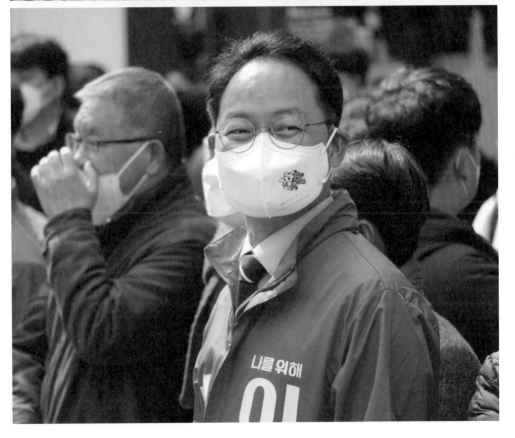

Part.1 초심
마음가짐은 초선답게 의정활동은 다선처럼

유세 4. 토론, 자세히 따져보면 답이 보입니다!

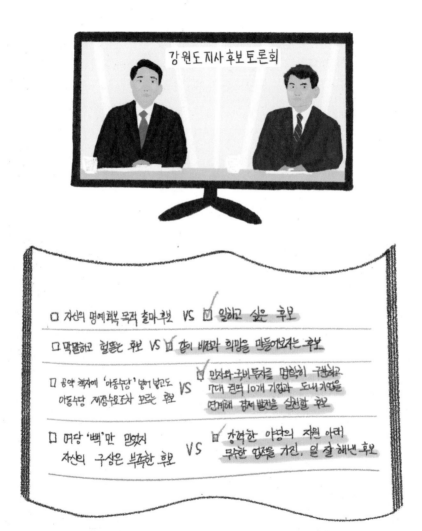

선거에서 후보에 대해 잘 알 수 있는 방법 중 하나가
바로 TV토론이 아닐까 싶습니다.
후보자들의 발언을 비교하며 메모해 보세요!
아주 재미있습니다.

지난 강원도지사 후보자 토론회에서
강원특별자치도법에 대해 애매모호한 태도를 취하는
김진태 후보의 모습을 보고 저는 확신했더랬죠.
저 허영과 이양수 의원이 함께 발의한 「강원특별자치도법」을
제대로 읽어보지 않았다는 걸 말이죠. (세상에 이런 일이)

도정은 말로만 싸우는 곳이 아닙니다.
도정은 도민의 삶을 책임지며 땀으로 일하는 곳입니다.
토론 역시 말이 다가 아닙니다.

선거 때마다 찾아오는 후보자 토론, 빼놓지 말고 꼭 봅시다!
이번엔 준비된 후보인지 꼼꼼하게 따져봐야죠.

2022년 5월 11일
제8회 전국동시지방선거 강원도지사 후보자토론회를 보고 난 후

다시 긴 호흡, 강한 걸음으로

강원도에서 자신만의 경쟁력과 탄탄한 풀뿌리 정치로
이번 지선에서 승리하신 시장, 군수, 도와 시·군의원님들께
진심으로 큰 존경과 축하의 말씀을 올립니다.
그리고 다시 한번 죄송하다는 말씀도 올립니다.
당의 부족함으로 열정과 능력을 펼칠 기회를 갖지 못한
모든 후보님들께….

열심히 한 것만으로 책임을 면할 수 없습니다.
치열한 토론을 통해 원인을 찾아야 합니다.
우리가 할 일은 과거사를 비난하면서 잘못을 남 탓, 외부화하지 않고
내 탓, 내부화하면서 당의 혁신과 희망의 비전을 차곡차곡 준비하며
미래를 개척하고 실천해 나가는 것입니다.

저도 다시 긴 호흡, 강한 걸음 하겠습니다.
새로운 시작을 위하여.

강원도당위원장으로서 마지막으로 임했던
제8회 전국동시지방선거를 마치며

부재(不在) : 그리운 사람들_
잘못은 솔직히 사죄하고, 다시 시작할 수 있는 용기

유세차(維歲次)
세월은 흐르고 흘러 2021년 신축년 12월 29일.
민주주의자 김근태 의장님이 영원히 잠드신 이곳에
영원히 깨어있을 의장님의 정신을 좇아, 동지들이 다시 모여 삼가 아룁니다.

존경하는 의장님!
의장님께서 떠나신 지 꼭 10년이 되는 오늘,
의장님을 모시던 막내 영이가
여러 동지들 앞에 서서 의장님을 목 놓아 불러봅니다.

의장님께서 '대통합의 밀알'을 자처하시며,
대선 불출마를 선언하던 2007년 6월의 그 날.
의장님 곁을 지키며 눈시울 붉히던 저를 기억하시는지요?
그때는 불출마를 선언하시던 그 모습이 그렇게도 야속하고 속상하기만 했는데,
세월이 흘러 분열의 시대를 사는 지금에야
"욕심과 기득권을 버려야 통합이 된다. 나부터 버리겠다." 하신
의장님의 큰 뜻을 저도 이해할 수 있게 되었습니다.

그리운 의장님!

이제 큰 선거를 두 번이나 눈앞에 둔 지금

우리 당과 민주주의자들은 의장님께서 불출마 선언을 하시던

그 해처럼 힘들기만 합니다.

"국민들의 분노와 배신감은 정당한 것이다. 우리의 처지가 어렵다고

국민을 탓하거나 국민을 가르치려고 해선 안 된다." 하신

의장님의 고해성사가 더욱 절실하게 다가옵니다.

"잘못은 솔직히 사죄하고, 다시 시작해야 한다.

국민의 눈높이에 맞추고, 국민의 목소리에 귀 기울여야 한다."

하신 말씀에서 오늘의 해답을 찾게 됩니다.

그렇습니다!

의장님은 지금 대한민국이 절실히 요구하는 시대정신이자 해답이십니다.

하지만, 이제 누가 있어 대한민국의 민주주의자 김근태를 대신하겠습니까?

이제 누가 있어 우리 민주진영의 십자가를 함께 짊어지자 나서겠습니까?

너무나 일찍 떠나신 의장님이 무척이나 그립고,

그 가르침에 목마르기만 합니다.

의장님, 나의 큰 스승님!

그럼에도 우리는 '희망은 힘이 세다'고 하신 말씀을 믿습니다.

'정치는 희망을 주는 직업이어야 한다'는 말씀을 반드시 실천하겠습니다.

그 믿음과 실천으로 '2022년을 점령'하겠습니다.

이재명과 함께 민주주의자들의 승리로 이끌겠습니다.

다시 이곳에서 인사드리는 날에는

"의장님 평생의 사명이셨던 '한반도 평화와 경제 민주화'로 '정직하고 성실한 99%의 사람들이 무시당하지 않는 사회'에 한 발짝 더 다가갔습니다."

하고 당당하게 말 올리도록 하겠습니다.

그때까지 편히 쉬소서.

상향(尙饗)

2021년 12월 29일 제20대 대통령 선거를 앞두고
故 김근태 의장님 10주기, 마석 모란공원에서

부재(不在) : 그리운 사람들_
역사는 더디다, 그러나 진보한다

요즘 들어 더 자주 대통령님이 생각납니다.
생전에 꿈꾸셨던 미래들이 뿌리를 내리지 못한 채,
여전히 힘겹게 표류하고 있는 것만 같아 죄송스럽기 그지없습니다.
퇴임 후 남기신 글귀를 보며 마음을 다잡아 봅니다.

"역사는 더디다, 그러나 인간이 소망하는 희망의 등불은 쉽게 꺼지지 않으며
이상은 더디지만, 그것이 역사에 실현된다는 믿음을 가지고 가는 것이다."

그렇습니다, 희망!
희망은 힘이 셉니다.
대통령께서 건네주신 희망의 등불,
봉하에서 이어받아 키워나가겠습니다.

2023년 5월 23일
故 노무현 대통령 서거 14주기, 봉하마을에서

역사는
더디다
그러나
진보한다

노무현 대통령 서거 14주기 추도식

사람사는세상 노무현재단

부재(不在) : 그리운 사람들_
이 국민이라면 할 수 있다!

1998년, 큰 실패 없이 고성장을 이어오던 대한민국이
IMF 위기로 휘청이고 있을 때
김대중 대통령의 임기가 시작됐습니다.
'위기 극복'의 기치 아래 국민들의 마음을 하나로 모았고,
결국은 2000년에 IMF의 모든 차관을 상환해내며 세계를 놀라게 했습니다.

단순히 경제 지표만 정상화시킨 것이 아니었습니다.
우리가 누리고 있는 현대적 복지국가를 설계한 것 역시
김대중 정부의 성과입니다.
국민기초생활보장법 제정, 국민건강보험 개혁, 국민연금 확대 등이
김대중 대통령의 전폭적인 지원 아래 이뤄졌습니다.

위기 극복이라는 단기 과제에 매몰되지 않고
국가의 장기 과제까지 내다보는 혜안은
항공우주, IT분야의 초석을 닦은 것으로 평가되고 있습니다.
군부 독재정권의 위협 속에서 생사를 넘나들면서 체득한
특유의 균형 감각과 도전적인 사고방식이 조화를 이루어 빛을 발한 것입니다.

거인이 먼저 닦아놓은 길을 회상하며 오늘의 우리를 생각합니다.
우리가 그 길을 제대로 따라가고 있는지,
무엇을 놓치고 있는지 말입니다.

다만 한 가지는 확실히 믿고 있습니다.
생전에 김대중 대통령께서 IMF 위기 당시를 회고하며
이런 말씀을 남기셨다고 합니다.

"이 국민이라면 할 수 있다."
저도 그렇습니다. 우리 국민의 저력을 믿고,
뚜벅뚜벅 전진해나가겠습니다.

2022년 8월 18일
故 김대중 대통령의 길을 회상하며

부재(不在) : 그리운 사람들_
우주의 중심은 아픈 곳, 고통받는 곳이다

.

창녕에서 고인을 보내드리고 돌아갑니다.
5일 내내 많은 눈물을 흘렸습니다.
유서에서 "오직 고통밖에 주지 못한 가족에게 미안하다"는 문장이
내내 고통스럽게 합니다.
"모두에게 죄송할 뿐입니다."

빚만 남은 인생이셨습니다.
빗처럼 비가 쏟아졌습니다.
비로 빚을 씻으셨으면 합니다.

묻어도 묻어도 참으로 괴로운 날입니다.
이제 그분을 묻으려 합니다.
하지만 "우주의 중심은 아픈 곳, 고통받는 곳"이라는 말씀을
땅속에서 캐내어 가슴에 영원히 새겨놓겠습니다.
아파하는 모든 이들에게 다시 한번 죄송합니다.

2020년 7월 13일
故 박원순 전 서울시장을 보내고 돌아오는 길

Part. 1 초심
마음가짐은 초선답게 의정활동은 다선처럼

올바로 잘 사는 노나메기 세상을 위해

온몸으로 민중해방의 길을 걸어오셨습니다.
제가 뽑은 제 생애 첫 대통령이셨습니다.

'임을 위한 행진곡'을 불러봅니다.
그리고 앞으로 우리가 불러야 할 행진곡을 생각해봅니다.
양극화 극복, 공정과 상생 그리고 한반도 평화!
곡에 담아 불러야 할 우리의 과제입니다.

"너도 일하고 나도 일하고
너도 잘 살고 나도 잘 살되
올바로 잘 사는 노나메기 벗나래(세상)"

부고 소식을 듣고
백기완 선생님의 노나메기 정신을 다시 떠올려봅니다.
잔뜩 찌푸린 세상의 한 귀퉁이에서
"기죽지 마라"하고 호통치는 듯 선생의 삶이 울려 퍼집니다.
부디 영면하소서.

2021년 2월 15일
故 백기완 선생의 부고 소식을 듣고

부재(不在) : 그리운 사람들_
은석아, 너의 모든 것이 춘천이었다

삼가 고인의 명복과 평안을 빕니다.
무슨 말을 해야 할지 모르겠습니다.
가장 좋아하고 신뢰하는 친동생 같은 동지를 떠나보냅니다.
죄송하고 미안하고 안타깝습니다.

2022년 1월 2일
故 김은석 춘천시의원의 부고 소식을 전하며

/

은석아 미안하다. 같이 하고픈 일들이 많았잖아.
마지막 가는 순간까지 춘천을 위해 글을 남겼더구나.
네가 걱정하는 그 땅에 미래를 잘 설계할게.
고맙고 장하다. 너의 모든 것이 춘천이었고
너의 모든 것이 참인간이었다.
잘 가라, 은석아!

고인을 떠나보내고 이틀 뒤인 2022년 1월 4일,
강원도민일보에 실린 고인의 의정칼럼*을 보고 난 후

보고 싶다, 은석아!
'늘 함께'라는 나의 살점 같은 말은
다 너의 존재에서 나왔는데….
네가 못다 한 일 내가 다 할게, 꼭 또 보자.

2023년 1월 2일
故 김은석 춘천시의원 1주기를 보내며

* 칼럼 제목은 〈캠프페이지 부실정화 진상규명 특위를 마치며〉. 심장돌연사에 의해 향년 47세의
나이로 별세한 故 김은석 시의원은 당시 춘천시의회 캠프페이지부실정화 진상규명 및 대책특별
위원회 위원장을 맡고 있었다. 강원도민일보에서는 고인의 뜨거웠던 의정활동을 기억하고 추모
하는 의미에서 기고를 싣기로 결정했다고 밝혔다.

Remember 감자의 꿈

민선 7기 마지막 날입니다.
임기를 마무리하시는 모든 자치단체장 여러분 고생 많으셨습니다.
특히 최문순 강원도지사님,
민주당 소속으로 3선을 기록하시고
명예롭게 떠나는 것을 축하드립니다.

최 지사님의 첫 비서실장이었다는 것은 제 평생의 자랑입니다.
지사님이 남기신 강원도의 가치와 헌신,
'사람'을 귀하게 하는 정치를 실천하기 위해 노력하겠습니다.
지난 11년 동안의 열정과 헌신에 다시 한번 감사드립니다.

못생긴 감자도, 찌그러진 감자도, 굼벵이가 먹은 감자도
귀퉁이에서 자란 감자도, 덜 자란 감자도 귀하게 여겨지는
문순C의 감자밭!
아쉽지만 보내드려야 하겠죠. 하지만 기억하겠습니다.
Bye 문순C, Remember 감자의 꿈!

2022년 6월 30일
민선 7기의 마지막 날을 보내며

Part. 1 초심
마음가짐은 초선답게 의정활동은 다선처럼

정치는 여의도의 말이 아닌, 현장의 발로 하는 것!

저와 함께 21대 국회 등원을 같이했던 차량의 주행거리가
임기 6개월을 남긴 23년 10월, 18만 km가 되어갑니다.
참 많이도 뛰었습니다. 징하죠?
(보통 연간 2만 Km를 탄다고 하네요)

아무리 고되어도 춘천에서 출퇴근한다는 원칙을 처음부터 가지고 있었고,
그래서 매일 왕복 200km를 새벽 출근, 한밤 퇴근하는 나날을 보내왔습니다.
타지에서 서류만으로는 시민들의 '마음'을 살필 수 없다는
믿음이 있었기 때문입니다.

국회의원 2년 차, 차량의 주행거리가 10만km를 돌파했을 때
강원도의 유일한 국회 예산조정소위원회 위원으로서
도내 18개 시·군을 직접 순회하며 예산정책협의회를 열었고
역대 최대 예산을 확보할 수 있었습니다.
정치는 여의도의 말이 아닌, 현장의 발로 해야 한다는 걸
몸소 깨달았네요!

국회의원 4년 차, 묵묵히 함께해 준 수행비서와
나만큼 달려준 '자동차'에게 감사한 마음뿐입니다.

아직 달려야 할 길이 더 많이 남았습니다.
훨씬 험준한 길이 될지도 모릅니다.
하지만 시민들이 계신 곳이라면,
우리가 서로 희망을 주고받을 수 있는 곳이라면
마다하지 않고 달려가겠습니다. 더 자주 뵙겠습니다!

30년 전의 열정을 소환하는 법

3월 29일은 제 생일입니다.
젊은 허영의 생일은 어땠는지 옛 사진을 꺼내 봅니다.
나와라, 젊은 허영!

딱 30년 전!
이런 모습의 허영도 있었네요.
헐~

이제 저의 가슴은
30년 전에 가졌던 열정으로!
머리는 30년 숙성된 지식과 지혜로!
발은 좀 더 강한 걸음으로!
다시 한번 승리를 향해 나아가겠습니다.

2023년 생일날
30년 전의 허영을 마주하고 든 생각

Part. 1 초심
마음가짐은 초선답게 의정활동은 다선처럼

그래도 평화!

이인영 의원이 주최해 온 '통일걷기' 행사가
2023년을 맞아 일곱 번 째를 맞이했네요.
아마도 이 시간을 손꼽아 기다리면서
정신없이 일정을 소화해내고 버티나 봅니다.
제가 또 걷는 걸 무진장 좋아하고요.

특히, 올해는 한반도 정전협정 70주년을 맞아
더 의미가 새로운 것 같습니다.
이젠 정전을 넘어, 종전선언으로 지속가능한
평화협정을 추진해야 합니다.
현 정권은 역행하고 있지만 '그래도 평화'입니다!
대통령은 핵잠수함을 타도
우리는 평화를 향해 한 걸음, 한 걸음
지치지 않고 나아가야 합니다.

故 김근태 의장님께서 하신 말씀이 떠오릅니다.
"평화가 밥이다."

한반도의 평화가 흔들리면
경제도, 민생도 흔들립니다.
평화가 깨지면 응당 밥그릇도 깨지지요.

여하튼 춘천에 있는 우리 동지들과 함께하니
오르막길 코스도 아~주 너끈합니다.
실컷 걷고나서 먹는 밥은 그야말로 꿀~맛!
여러모로 평화는 밥이 맞는 것 같죠?

일 잘하고 정치적 희망이 있는 사람

춘천을 대표하는 제21대 국회의원 임기를 시작한 지 3년이 되었습니다.
대한민국과 강원도,
그리고 무엇보다도 30만 춘천시민들을 위해 최선을 다해왔습니다.
숨 막히게 빽빽한 일정들이 하루도 빠짐없이 이어집니다.
탈 없이 버텨올 수 있었던 것은 오랜 시간 품어왔던
춘천의 일꾼이라는 애정과 소속감이었습니다.

'일 잘하고 정치적 희망이 있는 허영'이라는 평가를 듣고 싶었습니다.
시민 여러분께도 희망을 드리고자 했습니다.
춘천에 서서히 변화가 찾아오고 있으니,
'앞으로는 더 나아질 것이다'라는 희망이
시민 여러분 가슴에 자리 잡길 바랐습니다.

지난 3년, 춘천에 큰 변화를 가져올 예산을 확보하고 사업을 따냈습니다.
국회 예산결산 특별위원회 위원이자 예산조정소위 위원으로
당시 역대 최대의 예산을 확보했습니다.
춘천호수국가정원 조성의 마중물 사업인
국가공공기관 정원소재실용화센터도 유치했습니다.
강원대를 첨단산업단지로 활용하는 캠퍼스 혁신파크 조성도
괄목할만한 성과입니다.

국회 국토교통위원회 위원으로

서면대교 건설, GTX-B 춘천연장, 동서고속철도 조기착공 등

춘천과 강원도의 주요 교통망 구축도 세심하게 챙겼습니다.

마무리까지 확실히 해내겠습니다.

다른 하나는 제가 대표발의한 강원특별법 제정안과

지원위원회 설치법안, 전부개정안의 통과입니다.

강원도가 특별자치도로 거듭나며 수부 도시인 춘천의 품격을 올리고,

그에 맞는 신성장동력을 발굴할 수 있게 됐습니다.

춘천 대표일꾼 허영의 4년 차,

유독 근심과 걱정이 많은 위기의 시기입니다.

끓어오르는 분노가 반복될수록 숙련되어가고 있습니다.

시민 여러분의 지지와 성원으로 더 강해지고 있습니다.

하지만 마음가짐은 항상 초심을 잃지 않고 있습니다.

더 듣고 더 뛰겠습니다.

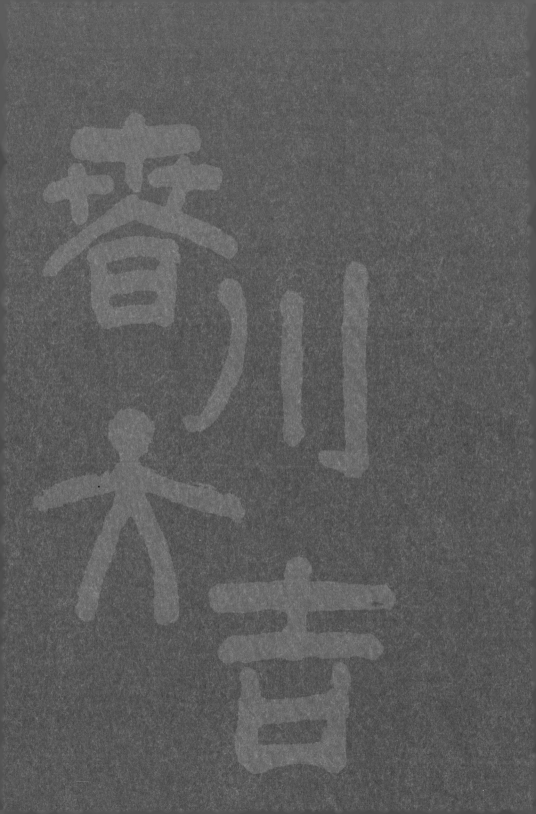

Part.2

중심中心

유연하지만 강한 중심,
우듬지를 닮고 싶은 정치

정치인은 희망을 주는 직업이어야 합니다. 정치를 통해 사람들이 저마다 품고 있는 희망의
크기를 계속 키워주어야 합니다. 혹세무민의 시대 속, 그럼에도 불구하고 제가 정치를 하는
이유입니다.

특별한 희생에는 특별한 보상이 필요하다

2023년 6월 11일,
강원도가 강원특별자치도로 공식출범했습니다.
강원도가 생긴 지 628년만입니다.

강원도는 전 세계 유일의 분단 자치단체입니다.
그러니 군부대가 많을 수밖에요.
또 울창한 산림은 얼마나 많습니까?
천혜의 자연을 자랑하는 우리 강원도지만
군사시설과 산림, 수자원을 보호한다는
미명 아래, 국가의 수많은 규제로
도민들은 피해와 희생을 감수하면서 살아왔습니다.
특별한 희생에는 특별한 보상이 필요합니다.

이제 강원특별자치도 설치를 통해
족쇄와도 같았던 규제를 보다 합리적으로
풀어낼 수 있게 됐습니다.
모두 강원도민 여러분께서 만들어주신 선물입니다.
최문순 강원도정에서 시작한 염원의 결실입니다.

근간이 되는 「강원특별자치도법」 대표발의*부터
관련 법안* 발의까지. 저 역시 쉬지 않고 뛰었네요.

찾아오는 고비, 고비를 넘을 때마다
매 순간이 희열이었습니다.
고군분투했던 지난 일들이 떠오릅니다.
이제 와 하는 얘기지만
아~ 안됐으면 어쩔 뻔했어.
이제 변방이라고 무시하지 말란 말이야!

* **대표발의** | 강원특별자치도 설치 등에 관한 특별법 제정안을 대표발의, 2022년 5월 29일 본회의 통과
* **관련 법안** | 국무총리산하 강원특별자치도 지원위원회 설치법, 강원특별자치도법 개정안, 전부개정안
　　대표발의, 모두 본회의 통과

Part. 2 중심
유연하지만 강한 중심, 우듬지를 닮고 싶은 허영의 정치

평화로운 강원특별자치도

23년 전, 김대중 대통령과 김정일 위원장이 마주 앉아
한반도의 평화와 공동번영을 다짐했습니다.
끊어진 철도를 이었고 금강산 관광이 시작됐습니다.
개성공단이 가동되며 남북 경제협력의 첫 단추를 끼웠죠.

그리고 시간이 흐른 2018년 4월 판문점.
김정은 위원장이 문재인 대통령의 손을 잡고
군사분계선 너머 북측 구역으로 이끌었던 장면을
잊을 수가 없습니다.
'평화, 그리고 새로운 시작'의 순간이었습니다.

2018 평창동계올림픽이 평화올림픽으로 개최되며
전 세계에 울림과 감동을 줄 수 있었던 것도
두 정상의 끊임없는 평화에 대한 갈망이
있었기 때문이었죠.

지금은 잠시 멈춘 평화의 시계, 우리가 다시 돌려야 합니다.
대화와 소통을 재개해야 합니다.
한반도 평화를 위해 할 수 있는 것부터 시작해야 합니다.
그것이 바로 '경제협력'입니다!

'평화'와 '경제'는 늘 함께 있습니다.
따로 놓아서도, 떼어 놓아서도 안 되는 부분이죠.
하지만 평화가 우선이 되어야 합니다.
그래야 경제도 번영도 안보도 뒤따라오는 법!
'평화로운' 강원특별자치도! 다시 시작입니다.

2021년, 강원평화특별자치도 설치를 촉구하는 '강원평화특별자치도 한반도 평화비전 포럼'에서

고뇌의 '협치'

「강원특별자치도법」 전부 개정안이
국회 본회의 통과를 목전에 두고 있을 때!
갑작스러운 행안위의 파행으로
통과 시기가 불투명해진 적이 있었습니다.

지금까지 어떻게 해왔는데!
이대로 민감한 정쟁에 끌려다니다간,
다 된 밥에 재가 뿌려질 것 같았습니다.
정신을 똑바로 차려야 했죠.
정말이지… 서러운 강원도.
마음먹은 만큼 쉽게 허락되지 않는 부분들이 참 많네요.
그렇지만! 우리 강원도 사람들….
감자처럼 투박해 보여도 제대로 화나면,
양간지풍만큼 아~주 매섭습니다!
강원도의 권리를 찾는데, 여야가 어디 있겠습니까!
이때 필요한 건, 하나의 목소리였죠.
백 마디 말, 꾹꾹 누르며….

결국 아이러니하게도!
행안위 파행에 간접적 원인을 제공한
김진태 지사의 국회 앞 농성현장에서 함께 목소리를 냈습니다.

그리고 김 지사와 '파트너십'을 발휘해
얽히고설킨 실타래를 풀기 시작했습니다.

행안위에서 심사를 기다리고 있는 법안만 2천여 건 이상.
전라북도와 충청북도 역시, 특별법 통과를 기다리는 상황에서
결국! 당당하게 우리 법안이 먼저 처리됐습니다.
여야 극한의 대립 상황 속에서
「강원특별자치도법」 전부 개정안에 날개를 단 겁니다.

다분히 정치적인 상황 속,
인간적인 고뇌가 없었다고는 차마 말씀드리기 어렵네요.
크게 한 걸음 나아가려는 과정에서
언젠간 겪게 되는 고뇌였으리라….

봉하의 기적

「강원특별자치도법」 전부 개정안이
안개 속에 표류하던 2023년 5월 23일.
故 노무현 대통령 14주기 추도식이 있었던
봉하마을로 향했습니다.

엉켜있는 실타래를 이리저리 풀고 있는 저에게
평생 지방분권과 균형발전을 위해 살아오신
故 노무현 대통령의 신념이 확신으로 다가왔습니다.
이번에 하지 못하면, 다음은 없다!

그곳에서 행안위 위원들을 만나,
오랜 시간 긴밀한 협의를 했고
결국, 법안을 조속히 처리키로 뜻을 모았습니다.
그래서 뭐, 결과는 아시다시피
국회 본회의 통~과!

정쟁이 촉발한 위기 앞에서
'인내'와 '진심'이 불러온 극적인 드라마.
국가균형발전과 지방분권을 운명으로 삼았던
故 노무현 대통령이 계신
봉하의 기적이라 부르고 싶습니다.

춘천대길

진정한 첫걸음

'약속' 마침내 지켰습니다.
「강원특별자치도법」 전부 개정안의 국회 통과로
강원도는 628년 만에 자신의 운명을 스스로 결정하는
진정한 첫걸음을 내딛게 되었습니다.

기대 못지않게 우려도 있음을 알고 있습니다.
규제를 풀어 권한을 얻으면
그만큼 책임과 의무도 반드시 따라야 합니다.

하지만 「강원특별자치도법」은 난개발로 인한
환경파괴를 조장하는 법이 아닙니다.
지방소멸위기 극복과 최소한의 생존을 위한 법입니다.
이미 법률 초안 작성과정에서 해당 취지가 퇴색되지 않도록
직접 환경 관련 조항을 조정한 바 있습니다.

무분별한 개발행위에 대해서는 철저한 감시와 처벌이
이뤄지도록 하겠습니다.
그리고 우리 지역이 법으로 보장받은 권한을
정부로부터 무사히 이양받을 수 있도록 살피겠습니다.
못다 이룬 과제, 숨은 과제도 찾아내어 끝까지 해결해 낼 것입니다.
그렇게 춘천시민과 강원도민의 삶을 진일보시키겠습니다.
지켜보겠습니다, 나의 강원특별자치도!

Part. 2 중심
유연하지만 강한 중심, 우듬지를 닮고 싶은 허영의 정치

'소맥' 말고 '예맥'!

'예국'과 '맥국' 줄여서 '예맥' 혹시 들어보셨나요?
강원도 땅은 아주 오래전부터 사람이 터를 잡고 살던 곳이었습니다.
나아가 차별화된 고유의 문화를 발전시키기도 했고요.
소외된 땅이 아닌, 역사와 문화가 살아 숨 쉬는
아주 의미 있는 곳이었다는 건데요.

그런데 말입니다.
통상 우리나라의 '역사문화권'이라 하면
고구려, 백제, 신라, 가야, 마한, 탐라 등
6개 역사문화권을 많이 떠올립니다.
법적으로 설정된 역사문화권 역시 동일하고요.
여기에서 강원지역에 널리 분포한 '예맥'은
역사문화권에서 눈을 씻고 찾아봐도
찾을 수가 없었죠.

강원 영동과 영서지역을 기반으로 한 '예국'과 '맥국'은
삼국유사, 조선왕조실록 등 역사서에서도 기록되어 있을 뿐 아니라
주변 지역들과의 활발한 교류를 통해 '삼한'이나
여타 고대국가 등과 차별화된 문화를 발전시켜 왔다는
학계의 평을 받아 왔었습니다.
「역사문화권 정비 등에 관한 특별법 일부법률개정안」을
대표 발의한 이유도 여기에 있습니다.

2022년 청평사포럼에서 춘천의 역사와 정체성을 잘 정리해나갈 것을 다짐하며

특별법 개정안은 예맥 시기를 거쳐 고구려에 편입되었던
강원지역을 중심으로 '예맥역사문화권'으로 정의하고,
강원권을 포괄하는 고대역사 문화권을 설정하여
우리 역사에서 소외되어 왔던 예맥역사문화권의
유무형 문화유산에 대해, 보다 적극적이고 체계적인 연구와
정비가 이루어지도록 하는 내용을 담고 있습니다.
중도유적, 삼악산과 봉의산 산성, 캠프페이지 유적, 청평사 등
춘천의 유산을 역사문화정비법을 통해
국가정원과 조화롭게 정비해 나가겠습니다.

자랑스러운 우리 강원도,
까마득한 옛날부터 이미 자랑스러운 고장이었다는 걸
모두가 알 수 있는 그 날까지!
균형발전은 역사와 문화를 아는 것에서 출발합니다.

서면대교가 필요한 이유

소양강댐, 춘천댐, 의암댐.
춘천에만 세 개의 댐이 존재합니다.
댐으로 인해 생긴 청평호까지 더하면
4개의 인공호수가 있는 셈이죠.
평지가 수몰되면서 많은 분들이 삶의 터전을 잃었습니다.
댐 건설로 인한 시민들의 희생이 과연 옛날 일이기만 할까요?
춘천 북부와 남부가 멀어지게 되면서
시민들은 지금도 교통 불편을 겪고 있습니다.
그래서 꼭 필요한 게 서면대교* 건설 추진이었습니다.

제가 원외 강원도당위원장으로 있을 때부터
국회 국토교통위원이 되고 나서까지,
해당 현안에 있어 강원도, 춘천시와 함께
최선의 노력을 다해왔습니다.

그러던 2021년 5월.
오랜 시간 동안 건의하고, 건의하고 또 건의했던!
춘천 국지도 70호선이 최종 승격됐습니다.
춘천 지방도 403호가 국지도* 70호선으로 '레벨-업' 한 거죠.
이로 인해 서면대교 건설 추진에 있어
국비 투입의 근거가 마련됐습니다.

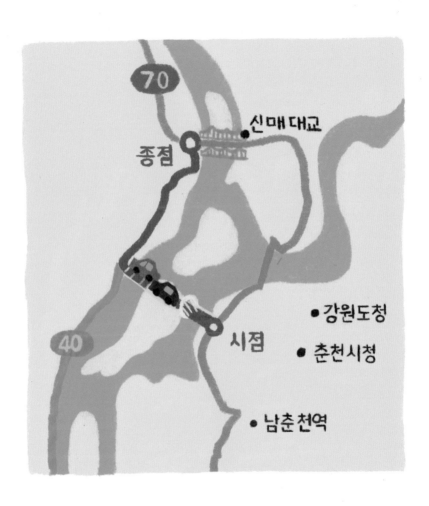

70

신매대교

종점

40

시점

강원도청

춘천시청

남춘천역

국지도 70호선 승격과 2023년 설계비 예산 반영으로
춘천역과 춘천대교, 애니메이션박물관과 신매 교차로 구간을 연결,
춘천을 중심으로 하는 중추도시 생활권 기능이 강화됩니다.
강원 북부권으로 빠지는 주요 길목을 포함해
출퇴근 러시아워(Rush hour)가 해결되고
춘천 시내에서 서면까지 30분 이상 단축될 것으로 기대됩니다.

교통의 불편함을 당연한 듯
감수하고 살아야 했던 시민들의 마음을
끝까지 시원~하게 개통해 드려야겠습니다.

* **서면대교** | 춘천시 서면 금산리에서 중도(중도동)를 연결하는 다리
* **국지도** | 국가지원지방도를 줄여 부르는 말, 일반 지방도와 달리 지방자치단체가 아닌 국가가 도로 건설
  비용을 지원한다.

권력의 사유화도 가지가지

서울~양평 고속도로 사업은
지난 2021년 예비타당성조사를 통과한 사업인데요.
윤석열 대통령 인수위 시절부터 급격하게
원안을 뒤집고 노선의 종점이 변경됐습니다.

그런데 그 종점이!
대통령 처가가 소유한, 축구장 5개 규모의
대규모 부지 옆이라는 것이 확인되었습니다.
약 15년에 걸쳐 추진된 1조 8천억 원짜리 국책사업이
마땅한 근거도 없이 권력자 집안에 이득이 가도록 바뀐 겁니다.
수많은 의혹 제기와 함께
국회 국토교통위에서도 논란이 일었습니다.
이 중대한 의혹과 논란을 해결하는 길은
팩트와 자료로 겸허히 설명하는 것뿐입니다.
그 어떤 꼼수와 억지 변명도 필요치 않죠.

그런데!
'늘공'과 '어공'의 차이 운운하며
일선 공무원들에게 책임을 떠넘기다가
양평주민 탓, 용역업체 탓하다가
야당 탓이라며 돌연 '사업 전면 백지화' 선언!
제 아무리 장관이라 해도 이럴 권한은 없습니다.

국토부라는 거대한 정부 조직을
자신의 방패막이로 사용해선 안 됩니다.
국민의 안정적 주거와 편리한 교통을 위해
바쁘게 일해야 할 국토부가
지리한 말장난만 하는 모습이라니!

대통령 처가에 의한 '권력의 사유화'에
장관 개인에 의한 '권력의 사유화'까지,
참 가지가지입니다.

권위는 권력을 보장하지 않습니다.
권력은 특정 계층이 아닌, 모두를 위한 자원을 통제할 때
그리고 끝까지 책임을 질 때 그 의미가 있습니다.
모든 권력은 국민에 의해 주어질 때,
국민의 희망을 일구는 기적으로 작용될 때
비로소 축복같은 선물이 될 것입니다.

Part. 2 중심
유연하지만 강한 중심, 우듬지를 닮고 싶은 허영의 정치

캠프페이지와 허영 1호 법안

대게 복잡하고 어려운 문제는 맨 뒤로 미루기 마련입니다.
또 이해관계자가 많이 얽힌 갈등은
해결하기까지 참 많은 시간이 걸리죠.
어떤 문제에 있어서도 관련된 기관이 많으면
참 머리가 아픕니다.
게다가 상대가 정부기관이라면?
네, 기약없는 긴 싸움을 예상해야 합니다.

그 복잡한 문제 중 하나가 바로
'춘천 캠프페이지 부실정화'*와 관련된 일이었습니다.
제가 그 때 의정활동 초반이었는데요.
가장 먼저 두 팔을 걷고 나섰습니다.

결론부터 말씀드리자면!
환경부로부터 '부실정화의 책임은 국방부에 있다!' 확인받고
정화비용까지 국방부가 모두 부담하게 됐습니다.
현재 2년째 정화작업이 다시 이루어지고 있는데요.
아마도 2024년이면 마무리될 것 같다고 합니다.
그럼 춘천의 중심지에 대한 개발에도 박차를 가하게 되겠죠.

이번 사례는 특히, 춘천시민들 스스로가
국가를 상대로 정당하게 삶의 터전을 지켰다는 점에서
큰 의미가 있는데요.
최초로 '민간검증단'을 구성해
캠프페이지 재정화 책임 및 규모를 정했기 때문입니다.

내막은 이렇습니다.
토양정화 책임을 둘러싼 국방부와 춘천시의 갈등이
계속해서 심화되고 있는 상황에서
환경부 산하 토양정화자문위원회의 재조사가 있을 예정이었습니다.

아니! 원인제공을 정부가 했는데,
정부 산하 자문기구에 모든 조사를 맡긴다?
여러분 같으면 믿고 맡기시겠습니까?
국회의원이 하는 일이 뭡니까, 바~로 법안 발의!

「토양환경보전법」 개정안*으로 자치단체의 장이나 시민단체가
재검증을 요청할 경우, 환경부 장관은 재검증을 실시해야 하고
이를 위한 '민간검증단'에는 해당 자치단체의 장과
시민단체가 추천한 전문가가 검증에 참여할 수 있게 됐습니다.
국회 등원 이후, 한 달여 간 환경부와 국방부, 춘천시,
시민사회와 수차례 토론과 논쟁을 거듭한 결과였습니다.

이런 노력을 통해 되찾고 싶었던 건,
시민의 건강과 안전에 대한 '권리'였습니다.
더는 주민의 건강을 위협하는 일이 없도록 하자는 것!
그리고 이는 지극히 상식적이고 당연한 시민의 권리라는 것!

이처럼 이해관계가 복잡한 사안이
제 인생의 1호 법안이 될 줄은 몰랐네요.
춘천의 노른자땅을 중심으로 한 역세권 개발이
당초 저의 목표였기에 선뜻 두 팔을
걷어 붙일 수 있었던 것 같습니다.

그간의 노력이 헛되지 않도록,
온전한 캠프페이지 부지를 시민에게 돌려드릴 그 날까지
계속 지켜볼 참입니다.

* **춘천 캠프페이지 부실정화** ┃ 옛 캠프페이지 부지는 2007년 국방부가 190억여 원을 들여 4년간 토양정화
를 마친 후, 춘천시로 이관됐다. 하지만 2020년 문화재 발굴 작업 중 부지 내에서 기름층을 발견, 이후 시
민환경단체에서 추가로 부실정화의 증거들을 발견했다.

* **「토양환경보전법」 개정안 발의(2020. 7. 15)** ┃ 국가가 정화책임자로 토양정화를 마친 후, 기준치 이상의
잔여오염물이 확인되면 이에 대해 '재검증'을 할 수 있는 부분이 개정안에 포함됐다.

2020년 7월 15일
토양환경보전법 일부 개정법률안을 대표 발의하고 나와 인터뷰하는 중

역세권법 1호 사업

경춘선의 종착역,
춘천역에서 내리자마자 마주하게 되는
봄내의 첫 모습은 과연 어떨까요?

춘천역이 자리한 근화동 일대는
수 십년 전이나 지금이나 크게 변한 것이 없습니다.
걸어서 갈 정도로 시내 중심과 가까운 곳이지만,
캠프페이지가 오랜시간 자리하고 있었기 때문에
개발에서 소외됐던 건데요.
국가철도공단 부지를 활용하기 어렵다는 점 역시
개발이 더딘 이유 중 하나였습니다.

정차역 주변의 역세권 개발은 지역경제 활성화와
국가균형발전을 위한 대안 중 하나로 꼽힙니다.
2010년에 제정된 「역세권의 개발 및 이용에 관한 법률」(이하 역세권법)이
있지만, 지금까지 단 한 번도!
이 법을 적용한 개발사업이 이루어지지 않았습니다.
불합리하고 복잡한 절차가 원인이었죠.
실효성 없는 법은 무용지물, 나서서 바꿔야만 했습니다.

사실 역세권법 개정안*을 밀어부친지는 좀 오래됐습니다.
그만큼 춘천과 직결되는 법안이기 때문이었죠.
비가 오나 바람이 부나
정권이 달라지고 장관이 바뀌어도
제 고집을 꺾을 순 없는 법!
국회의원 3년차인 2023년 7월,
역세권법 개정안이 드디어 국회 본회의에서 통과가 됐습니다.

이 역세권법에 따른 전국 1호 사업은 어디가 될까요?
두구두구두구….
바로 춘천역세권 개발사업입니다!
너무 쉬운 질문이었나요?

외롭게 떨어져 있는 '역(Station)'이
시민들의 삶 속에 들어와 머물 수(Stay) 있도록!
'춘천을 가까이 하면 이롭다.'
모두에게 이로운 춘세권이 될 수 있도록!
춘천의 100년 미래와 균형발전을 위한 의미있는 실천입니다.

* **「역세권의 개발 및 이용에 관한 법률」 개정안** ┃ 역세권 개발이익의 재투자에 포함될 수 있는 철도시설 범위를 명확히 하고 도시개발법, 산업입지개발법 등 타 개발법에 비해 행정절차가 복잡한 부분을 개선하는 내용을 담았다.

우는 사람과 함께 울라

2011년 7월, 잊을 수 없는 여름입니다.
춘천시 신북읍 천전리에서 발생한 산사태로
13명의 젊은 생명이 스러졌습니다.
당시 비서실장으로서 최문순 전 강원도지사님과 함께
사고 현장을 방문했던 기억이 생생합니다.
그 날 느낀 감정을 글로는 표현할 수가 없네요.

할 수 있는 거라곤 하염없이 내리는 빗물에
눈물을 흘려 보내는 것.
그리고 이런 비극적인 사건이 반복되지 않도록
제도적으로 뒷받침해 나가는 것이었습니다.
사고원인에 대한 철저한 규명과 재발 방지였죠.
그 과정에서 가장 중요한 건
'인간의 존엄성'이라는 걸 뼈저리게 느끼기도 했습니다.

가슴 아픈 사건 이후,
강원도는 전국 최초로 '재난피해 지원조례'를 추진했습니다.
지역 실정에 맞는 맞춤형 재난구호의 시작이었습니다.

그리고 2020년 8월,
춘천 의암호에서 발생한 선박 전복사고로
시민들은 다시 큰 슬픔에 빠졌습니다.
제가 해야 할 일은 명확했습니다.
함께 울고 슬퍼하는 것.
그리고 두 번 다시 이와 같은 비극이 일어나지 않도록
댐 안전관리 규정이 미비한 관련 법안을
개정*하는 일이었죠.

올해도 어김없이 비가 많이 내렸습니다.
이번 폭우로 많은 사망·실종자가 생겼습니다.
특히, 충북 청주 오송읍 지하차도가 침수돼
한 곳에서만 24명의 사상자가 발생했고,
경북 예천에선 안전장비 없이 실종자를 수색하던
스무 살의 해병대 청년이 아까운 목숨을 잃었습니다.
우리는 또다시 슬픔에 빠져있습니다.

하지만, 이번 재난의 현장에선
'인간의 존엄성'을 찾아보기 힘듭니다.
해병대 청년의 안타까운 죽음을 수사하는 과정에서
군 수뇌부가 수사팀에 외압을 가했다는 의혹이 제기됐습니다.

이태원 참사의 악몽이 그대로 떠오릅니다.
슬픔이 분노로 타오릅니다.

'우는 사람과 함께 울라.'*
재난을 대하는 공인의 자세를 넘어,
국가의 자세에 분노하고 있는 요즘입니다.
희생된 모든 분들의 명복을 빕니다.

* 「저수지 · 댐의 안전관리 및 재해예방에 관한 법률」과 「재난 및 안전관리 기본법」 개정안 대표발의
* 윤재윤 판사의 〈우는사람과 함께울라〉 (좋은생각, 2010)에서 인용

자치분권, 셋만 낳아 잘 기르자!

국민들이 직접 지방정부와 의회를 꾸리고
'자치'를 시행한 지 30년.
중앙집권적 권력이 한계를 드러내고 있습니다.
지방주도의 균형발전 패러다임이 필요합니다.
그것이 바로 자치분권입니다.

자치분권은 '셋만 낳아 잘 기르자'로 이해하면 됩니다.
그 셋은 국민주권과 지방분권, 균형발전!

요 녀석들만 잘~ 길러도
자치분권이 탄탄한 나라가 된다는 것!
지자체의 정책 결정과 집행과정에 주민이 직접 참여해
스스로 자신의 삶을 개선해 나갈 수 있는 일이 가능합니다.

제가 대표 발의한 「지방자치법」 개정안이
지난 2020년 12월 국회를 통과했습니다.
32년 만의 지방자치법 전부개정입니다.
지방자치법 개정은 우리 춘천시에게도 반가운 일입니다.
대도시가 아니어도 행정수요나 국가 균형발전 등을 고려해
특례시*를 지정할 수 있게 돼, 도청소재지인
춘천시 역시, 특례시 지정 가능성이 열렸기 때문입니다.

이번 개정을 계기로 예산, 재정의 분권이 더욱 확대되고
지역주민이 진짜 주인이 되는 지방자치가
더욱 활성화되길 바랍니다.

---

* **특례시** | 서울특별시·광역시 및 특별자치시를 제외한 인구 50만 이상 대도시의 행정, 재정운영 및 국가의
　　지도·감독에 대하여 특례를 둘 수 있도록 규정하고 있다.

국민주권
민주주의 기본 원력으로서, 국민이 대의 기관을 통하거나
직접적으로 입법 및 그 밖의 국정 사항을 결정하는 권력.

지방분권
통치 권력이 중앙 정부에 집중되지 아니하고
지방자치단체에 분산되어 있는 일

균형발전
각 지역의 특성에 맞는 발전과 지역 간 연계 및
협력 증진을 통하여 지역 경쟁력을 높이고 국민의
삶의 질을 향상시키기 위한 균형 있는 발전

오늘 행동하지 않으면 내일은 없다

여름철 트리플 이상기후라고 들어보셨나요?
바로 폭염, 태풍, 폭우입니다.
다들 몸소 느끼고 계시니….
들어보셨냐고 물어보는 건 기우겠지요.

우리나라의 여름은 해를 거듭할수록 장마철 폭우로
그 피해가 커지고 있는데요.
미국은 이상고온 현상으로 매년 600명 이상의 사망자가
발생한다고 합니다.
지구 곳곳에서 이 트리플 이상기후로
인류는 그야말로 생존의 위협을 받고 있습니다.

"오늘 행동하지 않으면, 내일은 없다."
기후위기에 절대적으로 필요한 건 선제적 대응입니다.
하지만, 선제적 대응 시기도 놓쳤다는 이야기가 나옵니다.
즉각적인 행동이 필요합니다.

우리나라는 기후변화에 대응하기 위해,
저탄소 녹색성장 기본법 등을 제정해 운용 중이지만,
복합적인 요인으로 발생하는 기후변화의 특성을 고려할 때
특정 분야 재정사업과의 연계만으로는 부족한 상황입니다.

평균기온 상승, 집중호우 강도가 증가하고 있다는 점에서
온실가스 감축인지 예 · 결산 제도 도입 필요성은 더욱 강조됐고,
제가 대표발의한 법안이 2021년 본회의에서 통과되기도 했습니다.

문재인 정부는 역대 어느 정부보다 이 이슈에 기민하게 대응해왔습니다.
한국판 뉴딜의 핵심축인 그린뉴딜이 국가적 프로젝트로 추진됐고,
저도 한국판뉴딜위원회, 탄소중립위원회 위원으로서 활동하며
우리 춘천시에는 약 3,200억 원을 들여 소양강댐 일원에
수열에너지 융복합 클러스터*를 조성하기로 했죠.
그리고 2020년 12월, 대한민국도 탄소중립선언을 발표하며,
국가대전략의 대전환을 선포했습니다.

하지만, 윤 대통령이 집권하고 있는 현재,
그의 기후와 재생에너지 정책은 오히려 역행하고 있다는 생각이 듭니다.
대표적으로 산업계 탄소배출 목표를 낮추고,
원전을 늘리겠다는 정책은 세계적인 흐름에 맞지 않습니다.
거기에 신규 석탄발전소까지 건설 중입니다.
또한 재생에너지 비중을 30%에서 20%로 낮췄습니다.
이는 OECD 국가 중 가장 낮은 수준입니다.
기후위기 시대, 재생에너지 확대에 뒤쳐진다면
우리나라 글로벌 산업 경쟁력이 저하될 가능성이 큽니다.

기후위기에 대응할 생각이 있기는 한지, 묻고 싶습니다.
현 정부에 질문 대신 그레타 툰베리*의 '일침'을 전합니다.

"나는 당신이 집에 불이 난 것처럼 행동하길 바랍니다.
실제로 그렇기 때문입니다."

* **수열에너지 융복합 클러스터** | 춘천시 동면 지내리 일원에 2027년까지 사업비 3,400억 원을 들여, 소양
  강댐 심층냉수를 활용한 친환경 데이터 집적단지와 스마트팜 등을 조성하는 것이 골자
* **그레타 툰베리** | 스웨덴의 청소년 환경운동가(2003년 출생)

2020년 12월, 그린피스 활동가들로부터 '기후위기 대응에 앞장서는 대한민국 국회의원' 명패를 전달받다.
(국회의원 의정활동 모니터링을 통해 기후위기 대응에 적극적으로 기여한 상위 10명의 국회의원을 선정)

후진적 건설사고는 이제 그만!

2021년 6월 9일, 광주광역시 동구 학동에서
철거 중인 건물이 붕괴되는
정말이지 있어선 안 될 사고가 일어났습니다.
당시 정류장에 정차한 버스가 매몰돼 3명이 사망하고
이 사고로 총 9명이 사망하고 8명의 부상자가 발생하는 등
큰 인명 피해가 있었습니다.

후진적 건설사고 이후에
어김없이 따라오는 속담이 있습니다.
'소 잃고 외양간 고친다.'
이토록 처절하고 슬픈 속담이었다니….

사고가 있기 전인 2021년 2월.
건축물 해체공사 시 감리원 신고 및 배치기준을 정하도록 하는
「건축물관리법」 개정안을 대표 발의했습니다.
그리고 사고가 발생하고 20일이 지난 6월,
국회 본회의를 통과했습니다.
광주 붕괴사고 원인 중 하나로 감리자가 현장에
상주하지 않은 것이 꼽혔기에 더욱 안타까운 마음이 큽니다.
불법하도급에 따른 과도한 공사비 삭감이 원인이었습니다.

조금만 더 일찍, 살펴보았더라면….

안타까운 마음이 쉬이 사라지지 않습니다.

하지만 늦었다고 생각할 때, 제대로 바로잡아야 합니다.

다시는 우리 국민이 후진적인 사고로

귀한 목숨을 잃는 비극이 일어나지 않도록

더 철저하고 더 세심하게 챙겨야겠습니다.

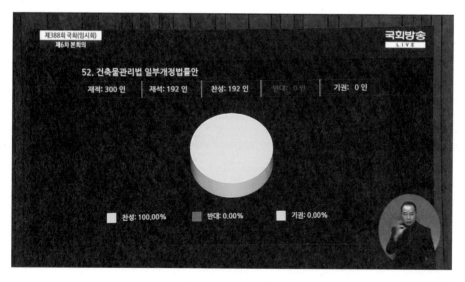

출처: 국회방송

아파트 해결사 1

'즐거운 곳에서는 날 오라 하여도
내 쉴 곳은 작은 집, 내 집뿐이리.'

〈즐거운 나의 집〉 노래 가사와 다르게
안락해야 할 '집'이 오히려 스트레스랍니다.
LH와 SH* 등 공공기관에서 지은 임대아파트의
하자보수 처리가 엉망인 것으로 나타난건데요.

국토부 하자심사분쟁조정위원회에서 하자판정까지 받았다면,
「공동주택관리법」에 따라 60일 이내에 보수를 완료해야 하고
그 결과를 지체없이 정보시스템에 등록해야합니다.

하지만, 2021년 국토교통부로부터 제출받은
국정감사 자료를 보니….
하자판정을 받고도 보수가 안된 사례가
절반이 넘는 데다가 미등록 건수가 수두룩! (엄연한 불법)
게다가 하자를 인정하지 않고, 오히려 적반하장으로
국토부에 불복소송까지 제기했더라고요.

정부와 주택기금의 자금으로 건설하는 임대아파트는
무주택자에게 안정적인 주거환경을 제공하는 것이 목적입니다.
그런데 왜! 오히려 입주민을 두 번 울리는 일이 생기는 걸까요?

저는 그 원인을 국토부 하자심사분쟁조정위원회에서
찾을 수 있었습니다.
LH와 수천억원씩 거래관계가 있거나
하자 이력이 있는 건설사의 임원들이
하자심사분쟁조정위원으로 활동하고 있었던 겁니다.
심지어 당시 일부 위원은
본인이 속한 건설사가 직접 시공한 아파트의
조정사건 심의·의결에 참여한 것으로 밝혀졌는데요.

그래서 이해충돌 우려가 있는 위원을
철저하게 배제할 수 있도록
「공동주택관리법」 개정안을 대표 발의해,
다음 해에 본회의에서 통과됐습니다.

당사자가 이해충돌 우려가 있는 위원을
기피할 수 있는 권리를 충분히 보장하도록 하자는
저의 주장이 모두 반영돼 참 다행입니다.

아파트 하자 문제는

건설사와 시공사에 근본적인 책임이 있습니다.

개인의 문제로 책임이 왜곡되어

지역사회 커뮤니티가 붕괴되는 일은 없어야 합니다.

그리고 무엇보다 내 집만큼은

안전하고 편안해야 하지 않겠습니까?

* **LH와 SH** | 한국토지주택공사(LH)와 서울주택공사(SH)

아파트 해결사 2

국민 10명 중 7명이 아파트에서 삽니다.
인간의 삶을 둘러싼 공간이
공동주택 형식으로 바뀜에 따라
전혀 다른 분쟁거리가 생겨났죠.
바로 '층간소음'입니다.

층간소음으로 인한 이웃 간 갈등이 갈수록 심화되고
단순한 갈등을 넘어 폭력, 살인으로까지 이어지는 등
심각한 사회문제로 대두되고 있습니다.

2022년 9월, 국토부를 상대로 한 결산심사에서
장관을 상대로 층간소음 문제에 대한 해법을 제안했습니다.
층간소음을 아파트 '하자'로 인정하자는 것!

함께 어울려 살아야할 이웃들이 반목하고 갈등하다가
결국 공동체 붕괴에 이르는 현실.
이제는 국민 개개인의 이해만을 바랄 수 없습니다.

소음이 심각하다는 등외등급을 받은 경우,
공동주택 사업자에게 강제성 없는 권고가 아닌
아파트 '하자'로 반영해 해결방안을 강구해야 합니다.

정부가 제도적 보완책을 마련하지 않고서
국민들에게만 책임을 돌려서야 되겠습니까!
국토부 장관의 답변까지 받아냈으니
어떤 실질적인 대안을 마련할 지,
계속 지켜봐야되겠죠?
아파트가 '즐거운 나의 집'이 되는 그 날까지!
허영이 약~속할게요! 도장 꾹, 복사~

아파트 해결사 3

참내~
순살치킨은 들어봤어도
순살 아파트는 처음입니다.
오명(汚名)도 이런 오명이 없습니다.

철근을 빠뜨리고 지었다가 주차장이 무너진
한 브랜드 아파트로부터 시작된 '순살 아파트'

그런데 이 '순살' 이슈가 LH 아파트로 번졌습니다.
올해 7월 국토부가 철근누락 공공주택단지
15곳을 발표한 건데요.

자료제출 요구를 해서 확인해본 결과,
이 중 13개 단지에서 벌점 받은 업체가
시공 · 설계 · 감리를 맡았더군요.
심지어 이 중에 '순살 아파트'의 시초였던
브랜드 아파트의 감리업체도 포함돼 있었습니다.

LH로부터 벌점을 받은 업체들이
떡하니 발주를 받아왔다는 건데….
가장 큰 책임은 발주청으로서 철저한
사업관리를 했어야 할 LH에 있습니다.

국민 주거안정을 위해 존재하는 기관인 만큼
'안전한 시공'이 가장 기본이 되어야 할 것입니다.
다시는 제도를 악용해 국민의 생명을 위협하는 일이
발생하지 않도록!
LH와 국토부는 철저하고 강력한 제도 개선을
해야할 것입니다.

그렇지 않으면 허영의 뼈 때리는 팩트폭격으로
'순살'될지도 몰라요!

국토교통부 국정감사에서 질의하는 중

입증책임의 전환

"이게 안 돼, 도현아!"
할머니의 울부짖음이
오랜시간 귓가에 맴돕니다.

지난해 12월 강릉에서 발생한 급발진 의심사고.
영상을 보면 차량이 무서운 속도로 질주하고
운전자인 할머니가 같이 탄 손주의 이름을
급박하게 외칩니다.
도현이는 안타깝게 삶을 마감했고,
할머니는 피의자 신분이 됐습니다.

사고가 아닌,
비극적인 참사입니다.

할머니는 혼자 살아남았다는 죄책감으로
삶의 이유를 잃어버렸습니다.
아들을 잃은 아버지는
사고를 규명하려 백방으로 애쓰고 있지만
할 수 있는 것이 아무것도 없습니다.

수 개월 동안 고초를 겪고 나서야
도현이 할머니는 '혐의없음'이라는 판단을 받았습니다.

자동차는 고도의 기술이 집적된 제조물입니다.

그런데, 현행법은 급발진 의심사고 발생 시

그 원인이 차의 결함에서 비롯된 것이라는 것을

운전자나 유가족이 입증하도록 했습니다.

하지만, 2만 여개의 부품과 수많은 전자장치들로 이루어진

자동차 결함을 비전문가가 입증하기란 사실상 불가능합니다.

현행법과 제도의 모순입니다.

이에 급발진 입증 책임을
피해자가 아닌, 제조사가 지도록 하는 법안을 발의했습니다.
소송에서 법원의 자료제출명령 제도를 도입하고
이를 제조사가 이유 없이 거부하면
법원은 피해자의 주장을 진실한 것으로 인정할 수 있도록
「제조물 책임법」 개정안을 대표발의했습니다.

이제 과제는 분명해졌습니다.
운전자가 가속 페달을 밟지 않았다고 주장함에도
차가 폭주하는 현상에 대한 규명이 필요하며,
이를 위한 노력을 소비자에게만 전가하는 것이 아니라
제작사가 기꺼이 짊어져야 합니다.

끝까지 놓치지 않겠습니다.
강릉 유족분들께도 하루 빨리 평안이 찾아오길 기도합니다.

춘천대길

'핫'할수록 안전하게!

산이 많은 강원도에는
인기있는 '궤도시설'이 참 많습니다.
춘천 삼악산 호수케이블카
정선 가리왕산 케이블카
평창 발왕산 케이블카
그리고 착공 예정인 설악산 오색케이블카까지.

교통약자도 산악관광을 즐길 수 있는 수단으로써
케이블카나 모노레일의 인기가 참 많습니다.
전국적으로 '너도나도' 행정에 우려가 많긴 하지만요.

어디 이뿐인가요?
스키장에 있는 리프트와 각종 모노레일까지!
그야말로 '탈 것'의 천국입니다.

하지만, 겨울철 스키장 리프트 사고는
계속해서 반복되고 있죠.
자칫하면 다수의 인명피해로 이어질 수 있는데….
이러다 정말 큰 참사가 발생할까 싶어 걱정입니다.

이처럼 궤도로 포함되는
모노레일, 스키장 리프트, 케이블카 등은
매년 안전사고가 발생하고 있지만,
이를 예방하기 위한 안전 규정이 미비했습니다.
서둘러 법 개정이 필요한 부분이었죠.

2022년 10월 통과시킨 「궤도운송법」 개정안은
10년 이상 된 노후시설의 안전성 확보를 위한
정밀안전검사 제도를 도입하고
주요 설비 교체 시에도 안전 검사를 받도록 하는 등
안전 확보를 위한 규정을 강화했습니다.
보다 체계적인 안전관리가 가능해졌죠.

누군가가 개발과 유치성과에 취해있을 때
누군가는 이에 따른 국민의 안전을 걱정해야 합니다.
무엇이든 '핫'할수록!
당장 눈에 보이지 않는 부분도 같이 보아야 합니다.
'안전'에 관한 것이라면 과해도 좋습니다.

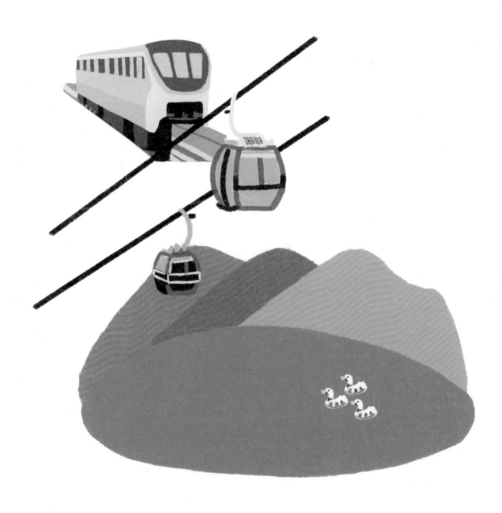

Part. 2 중심
유연하지만 강한 중심, 우듬지를 닮고 싶은 허영의 정치

감사가 아닌, 감시는 이제 그만!

감사원은 헌법기관입니다.
어디에도 치우치지 말고, 오직 국민의 편에서
국민을 위해 존재해야 할 기관입니다.

그러나 불행히도 최근 감사원은
그 어느 기관보다 정치적이었습니다.
정책적 판단에 정치적 입장을 앞세웠고,
주어진 권한을 벗어나
공공기관 임직원들의 개인정보까지 캐왔습니다.

혐의 특정도 없이, 오직 전 정부 인사 축출을 위해
해당 공공기관 임직원의 열차 탑승기록 799,167건,
고속도로 통행기록 184,897건 등
개인정보를 마구잡이로 들여다보았습니다.

헌법이 정한 기관의 목적에서 벗어난 행위며,
정당한 감사가 아닙니다.
권력에 대한 감시와 견제는 뒷전이고,
현 정부의 입맛에 맞춰 국민이 부여한 소중한 권한을
스스로 부정하였습니다.

폭주하는 감사원 수뇌부에 경종을 울려야 합니다.
국민이 부여한 권한을 제대로 쓸 수 있도록 하기 위한
「감사원법」개정안, 반드시 통과시키겠습니다.

'도와주세요' 대신 '도와드릴게요'

'수원 세 모녀 사건'* 이후 1년이 지났습니다.
'정부는 왜 이들을 발굴하지 못했나?'
여전히 같은 질문들이 쏟아져 나옵니다.

우리나라의 복지제도는 원칙적으로 '신청주의'를 택하고 있습니다.
스스로 가난을 증명해야 하는 것이죠.
결국 서류에 익숙치 않은 저소득층 수요자들은
복지서류를 들고 뺑뺑이 돌다가 포기하기 일쑤입니다.
알면 다행일까, 지원사업 자체를 모르는 이들도 많습니다.
그렇기에 '복지사각지대', '비수급빈곤층'이 발생하게 되지요.

주거급여 역시 마찬가지입니다.
주거급여는 기초생활보장제도 내에서
저소득층의 주거비를 지원하기 위한 제도인데요.
국토부로부터 주거급여와 관련 제출된 자료를 분석한 결과,
주거급여 대상 가구는 약 297만 가구인 반면,
실제 주거급여 수급권자(주거급여 신청자)는
2022년 기준 160만 가구(53%)에 불과했습니다.
약 137만 가구가 차이가 나는데요.
그 137만 비수급 가구 중 '자발적 미신청 가구'를 제외해도
지금보다 약 73만 7천 가구가 더 혜택을 받을 수 있습니다.

올해부터 주거급여 지원 범위가 확대되었습니다.
하지만, 대상을 늘리면 뭐합니까!
'알면 받고 모르면 못 받는 주거급여'인데 말이죠.

하루속히 '신청주의' 방식에서 '발굴주의' 방식으로
전환이 이루어져야 합니다.
수원 세 모녀와 같은 비극이 발생하지 않도록
국민의 주거기본권을 지키는 책무에
국토부가 최선을 다할 것을 촉구합니다.

* 2022년 8월 경기도 수원시의 한 다세대 주택에서 어머니와 두 딸이 숨진 채로 발견된 사건

대학도시 춘천

도시가 대학이 되고, 대학이 도시가 되는
시민과 학생들이 동료가 되어 소통하며 살아가는
그래서 청년들이 꿈꾸고 정주할 수 있는 도시.
제가 바라는 대학도시의 모습입니다.

해외에서 대학을 중심으로 연구시설, 창업공간과 기업
그리고 시민들을 위한 공공시설이 어우러져
하나의 대학도시를 이루는 것을 볼 수 있습니다.
예를 들면 미국 보스톤처럼 말이죠.

대한민국에서의 그 첫 모델이
총사업비 503억 원으로 조성되는 강원대학교 캠퍼스 혁신파크*입니다.
예산 확보부터 앞장서 지원사격에 나섰습니다.
어떻게 해야 활성화될 수 있을지에 대해 늘 고민합니다.
이를 뒷받침해줄 법률 개정안도 대표발의했고요.*

학령인구 감소 등에 따른 지역대학위기와
저출생 · 고령화로 인한 지역소멸위기는 참 많이 닮았습니다.
지역소멸위기의 시대에 가장 큰 화두는
아시다시피 '균형발전'인데요.

2023년 7월, 국회 의원회관에서 개최한 '캠퍼스 혁신파크 활성화 국회포럼'에서

지역적 특성을 고려하지 않은 천편일률적인 발전은
그리 달갑지 않습니다.
도시의 영속성은 그 지역성이 잘 살아날 때
비로소 보장되기 때문입니다.

춘천에만 일곱 개의 대학이 있습니다.
그렇다고 말로만 '대학도시'를 표방해선 안되겠죠.
대학을 거쳐가는 젊은이들이 지역에 애정을 갖게 하려면
그들에게 지역적 삶의 권리를 부여해주어야 합니다.
결국 지역의 청년 정주인구를 늘리거나 유지하기 위해선,
경제적, 자본주의적 접근에서 나아가
문화적 접근이 되어야 합니다.
그 중심에서 '대학'이 큰 역할을 해줄 것이라 기대합니다.
활짝 열린 캠퍼스를 통해 말이지요.

대학이 교육과 연구만을 다루는 전통적인 역할에서 벗어나,
산-학-연-민-관을 연결하는 허브가 되어,
자랑스러운 대학도시 '문화'를 이루어나갔으면 좋겠네요.

* **캠퍼스 혁신파크** | 대학 캠퍼스 내 유휴공간을 도시첨단산업단지로 지정하여 기업공간, 주거, 문화 · 복
  지시설을 복합적으로 조성하고, 다양한 정부 지원 프로그램을 종합 지원해 혁신 생태계를 조성하는 사업
* 교지(校地)이자 국유지인 국립대학 부지에 도시첨단산업단지를 조성하는 경우, 기업 및 지원시설 등 영구
  시설물을 구축할 수 있도록 특례를 부여하는 내용의 「산업입지 및 개발에 관한 법률」 개정안

나를 바로 서게 하는 뿌리 같은 마음_
Mr. 스마일

저에겐 보통의 정치인들에겐 잘 없는
이색 자격증이 세 개나 있습니다.

레크리에이션 강사, 웃음치료사, 펀(Fun) 리더십 강사

처음 출마를 결심하고 춘천에 올 때,
'어떻게 하면 어르신들과 즐겁고 재미있게 소통할 수 있을까?'
고민하던 찰나에 따게 된 자격증들인데요.
저를 만난 많은 사람들이 허영 표 '미소'를 칭찬해주셨고
'미스터 스마일'이라는 별명도 생겼습니다.
젊은 친구들은 '보조개 왕자'라고도….

그런데 이 미소는 저의 노력으로 얻은 게 아닙니다.
우리 어머니의 뛰어난 얼굴 반죽실력 덕이지요.

부모님께서 운영하시던 부식가게
'허씨상회'가 있던 양구 중앙시장은
어린 시절 저에게 살아있는 배움터였습니다.
어머니가 던지는 한마디에 늘 웃음이 가득했던 가게.
정이 넘치는 말솜씨와 유쾌함으로
시장의 분위기 메이커셨던 우리 어머니.

그런 어머니를 반짝이는 눈으로 바라보던 어린 허영은
"나도 어머니처럼 사람들에게 웃음을 주는 사람이 되어야겠다!"
다짐했습니다.

다행히도 '긍정'의 DNA를 고스란히 이어받은 저는
어머니의 미소와 닮았다는 말을 많이 듣습니다.
물려받은 유전자적 '끼'로 여러분들 앞에서 희망을 말하고 있고요.
그리고 아주 중요한 삶의 지혜도 물려받았죠.

"뛰는 놈 위에 나는 놈 있고,
나는 놈 위에 노는 놈 있다!"

'허씨상회'와 양구시장, 그리고 어머니.
여러분들에게 희망과 웃음을 드리는 에너지의 원천이자
지치지 않는 미소의 뿌리입니다.

나를 바로 서게 하는 뿌리 같은 마음_
말하는 힘보다 듣는 힘

흔히들 말합니다. 정치의 핵심은 '메시지'라고요.
정치인이 내뱉은 말은 곧 현실이 되고
그만큼 책임이 따르게 됩니다.
하지만 이 '말의 힘'이 너무 강하다 보니,
지지고 볶고 싸우는 과정 속에서
망언이 난무하게 됩니다.

말의 힘에 현혹되어 오만과 독설이 난무하면
무능한 식물국회, 폭력적인 동물국회를 벗어날 수 없습니다.

정치는 말하는 힘보다 듣는 힘이 강해야 합니다.
가장 먼저 잘 듣고, 상대방의 마음을 헤아릴 줄 알아야 합니다.
그래야 공감의 말을 할 수 있기 때문입니다.

귀 기울여 듣고, 거기에 맞는 목소리로 내는 메시지가
허영의 정치 핵심입니다.
위로와 공감할 준비가 되어 있는 자세,
그것이 희망의 리더십이 아닐까요.

말하는 힘은 상대방의 귀를 열지만,
듣는 힘은 상대방의 마음을 엽니다.

나를 바로 서게 하는 뿌리 같은 마음_
희망은 힘이 셉니다

'인간의 가치는 그가 품고 있는 희망의 크기에 비례한다.'

정치인은 희망을 주는 직업이어야 합니다.
정치를 통해, 사람들이 저마다 품고 있는 희망의 크기를
계속 키워주어야 합니다.
혹세무민의 시대 속, 그럼에도 불구하고
제가 정치를 하는 이유이기도 합니다.

'희망은 힘이 세다'고 말한 故 김근태 의장님께선
가슴 속에 품은 희망으로 온갖 고문과 고초를 견뎌 냈습니다.
그리고 그 희망은 일상의 민주주의가 되어
모든 이들의 마음에서 마음으로 이어졌고,
민주 정부 탄생의 시작이 됐습니다.
이는 고스란히 저의 정치철학이 되었습니다.

굳센 것을 물리치는 '부드러움의 힘'.
희망은 힘이 아주 셉니다.
여러분이 바로 희망이기 때문입니다.

희망

Part. 2 중심
유연하지만 강한 중심, 우듬지를 닮고 싶은 허영의 정치

나를 바로 서게 하는 뿌리 같은 마음_
새 100년 포럼

지속가능한 도시 춘천, 그리고 강원도를 위해선
집단지성의 힘이 필요합니다.
'새 100년 포럼'이 담고 있는 목표입니다.

춘천의 100년 미래를 100명의 전문가와 100가지 비전을 마련해
100세 시대를 개척해 나간다는 의미가 있는데요.
정확한 현실 진단에 기반한 의제 발굴과 대안이
활발하게 제시되어야 합니다.

'임기 내에 쌓아 올리는 치적'이라는
한 치 앞만 보는 정치는 버려야 합니다.
100년 앞을 내다볼 수 있는 선제적인 정치,
지속가능한 미래를 바라보는 정치가
시대를 선도할 수 있습니다. 그래야 우리의 삶도 바뀝니다.

대전환 시대에 디지털, 그린, 복지, 지역균형 영역에서
실현 가능한 전환정책을 발굴하는 공론의 장이 되었으면 하네요.

기후든 기술이든 모든 것이 급변하는 시대.
100년? 금방입니다, 여러분!
'새 500년 포럼'으로 바꿀까 봐요.

나를 바로 서게 하는 뿌리 같은 마음_
혁신

혁신(革新)이란, 가죽을 벗겨 새롭게 한다는 뜻이죠.
고통이 따른다 할지라도 새로운 체계를
세우기 위해선 피할 수 없는 숙명이기도 합니다.

사회 전반에 깔린 혁신이란 바람 속에
앞장서야 할 이들이 오히려 걸림돌이 되는 경우가 있습니다.

知進不知退 지진부지퇴
竟至於顚跌 경지어전질

나아갈 줄만 알고 물러날 줄은 모른다면
결국은 엎어지고 말 것입니다.

저에게도 혁신의 과제가 있습니다.
지역당 부활과 권역별 비례제도 개편 등의 선거개혁,
법사위와 예결위의 상설화, 감사원의 국회이관,
교육감 선출방법 개선 등 중차대한 정치 개혁의 사안들입니다.
이에 더해 선거구 획정 문제와 공무원의 정치기본권 활동 보장 등의
의제를 꼭 다루고 싶습니다.

많은 이들의 의견을 경청해
정치, 좀 제대로 혁신해보겠습니다!

2022년 정치개혁특별위원회 1차 회의에서

나를 바로 서게 하는 뿌리 같은 마음_
오늘을 사는 주인공들에게

청년은 단순히 숫자상의 세대가 아닙니다.
먹고 사는 방법을 고민하는 사회초년생일 수도,
가치관을 찾기 위해 모험에 뛰어든 용감한 사람일 수도 있습니다.
때론 세대주이기도 하고, 부모이기도 하며 미래이기도 합니다.
청년은 묵묵히 오늘을 사는 주인공입니다.

이들에겐 기본적인 삶을 보장받을 수 있는
공정한 기회가 중요합니다.
그 기회를 당사자들이 만들어갈 수 있어야 합니다.

특히, 지역에서의 포용이 중요합니다.
실패를 존중하는 문화, 경험을 지원하는 정책,
성공을 함께 만들어가는 연대가 중요합니다.
이 모든 것들이 청년들의 삶에 녹아들어
이들이 지역에서 자신감 있게 활보할 수 있어야 합니다.

청년들 스스로의 참여와 교류를 통해
그들의 권리와 기회를 보장하고, 지역에서 행복을 찾을 수 있도록
법과 제도를 혁신해 나가겠습니다.

저 또한 청년이었음을 잊지 않습니다.

2022년 8월, 청년기본법 2주년 입법정책토론회에서

춘천갑 청년위원회 봉사단 '청사진'과 함께

Part. 2 중심
유연하지만 강한 중심, 우듬지를 닮고 싶은 허영의 정치

Part.3

뚝심

춘천호수국가정원이
희망이다

춘천호수국가정원은 시민 여러분의 더 행복한 삶, 춘천대길을 이뤄나가는 데 있어 가장 큰
목표입니다. 정원이 시민 여러분의 삶 한가운데 녹아들기를 진심으로 바랍니다.

물 때문에? 물 덕분에!

2020년 국회의원 선거 당시 출사표를 던지며
약속드린 게 있습니다.

발상의 전환!
춘천 발전의 족쇄로 인식되던
'물'에 대한 것이었죠.
춘천을 휘감아 흐르는 억울한 운명의 자원 '물'을
지역경제의 '신성장동력'으로 전환하겠다고 말이죠!

그 목표 중의 하나인 '춘천호수국가정원'지정은
앞서 지정된 순천만, 울산 태화강 2개의 국가정원처럼
지역의 이미지와 산업, 그리고 시민들의 삶의 질을
높여줄 것이라 믿습니다.

'물멍', '숲멍', '꽃멍'이 성장동력이 되는 도시.
수려한 경관에 찾기만 해도 마음이 편안해지는 도시.
전환의 시대에 새로운 먹거리로 살기 좋은 도시.
춘천에서 반드시 해내겠습니다.

Part.3 뚝심
춘천호수국가정원이 희망이다

앉으나 서나 정원생각 1

현재 우리나라에는 국가정원이 단 두 곳뿐입니다.
순천과 울산에 1호와 2호 국가정원*이 있는데요.
모두 남쪽 지방입니다.
특히, 순천만국제정원박람회는 2023년 누적 관람객만
580만 명을 넘으면서 힐링 명소로 자리 잡았습니다.

호수와 산이 그림같이 어우러진 우리 춘천도
국가정원으로 지정받을 수 있을까요?
답은 YES!

제가 대표 발의한 「수목원·정원의 조성 및 진흥에 관한 법」 개정안이
국회를 통과했기 때문인데요.
이번 법안 통과로, 이제는 광역지자체별로 한 곳씩
지역 특색에 맞게 국가정원을 조성할 수 있게 됐습니다.
국가정원을 춘천에 만들 수 있는 법적 기반을 만든 거죠.
이로써 저의 1호 공약인 '춘천호수국가정원' 조성에도
탄력을 받게 되었습니다.

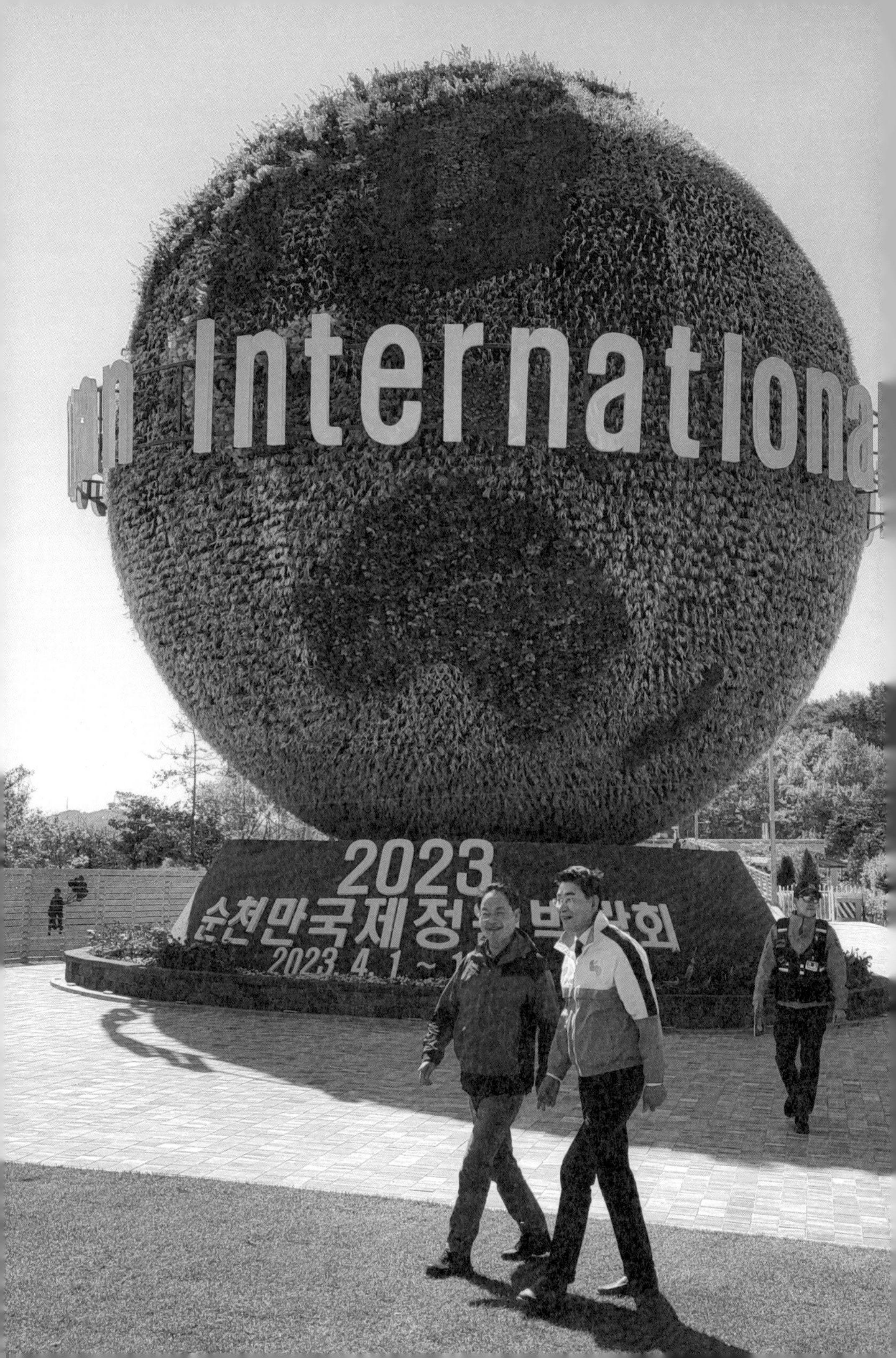
International
2023
순천만국제정
2023. 4. 1 ~

균형발전, 정원산업의 진흥, 일자리 창출
그리고 기후변화 시대에 대한 대비까지.
일거사득의 효과가 기대되는 '춘천호수국가정원'
반드시 이뤄내야겠습니다.

* 1호 순천만국가정원(2015년 지정), 2호 태화강국가정원(2019년 지정)

국가정원이란?
지방정원이 국가정원 지정요건을 만족시킬 경우, 산림청장이 지방정원이 소재한 지방자치
단체의 장과 협의하여 국가정원으로 지정하여 관리할 수 있다. 국가정원으로 지정되면 정원
관리를 위한 예산으로 국비가 지원된다.

2023 순천만국제정원박람회와 국가정원 견학 현장

앉으나 서나 정원생각 2

상중도를 걸었습니다.
춘천에 대한 새로운 접근과 상상력이 필요합니다.

난개발하지 않고 사유지와 국공유지, 자연과 사람
길과 숲, 물과 땅이 서로 상생할 수 있는 방법.
자연 그대로의 경쟁력을 갖출 수 있는 방안을 마련해야 합니다.

아름다운 춘천의 호숫길을 따라
걷고 생각하고 또 걷습니다.
둑에 닿는 잔잔한 물결처럼
고민에 대한 해답 역시
저에게 와 닿을 거라 믿습니다.

2020년 6월 어느 날, 상중도 호숫길을 걸으며

챗GPT AI로 제작된 호수정원의 이미지

앉으나 서나 정원생각 3

오랜만에 아내와 함께 공지천 길을 걷습니다.
바람이 적당히 찹니다.
찬바람에 멋진 야경이 더해지니
걷는 재미가 있습니다.

낮도 예쁘고, 밤도 매력적인 춘천입니다.
어젠 춘천호수국가정원 조성을 위해
강원대학교 춘천호수연구센터 발족식이 있었고,
포럼을 진행했습니다.

뭔가 제대로 발을 내딛는 기분입니다.
멋진 호수국가정원을 기대하며, 아내와 발맞춰 걷고 있는데
문득 한라산 생각이 났네요.
정기국회가 끝나면, 겨울 한라산을 오르고 싶습니다.

2020년 11월, 아내와 함께 공지천 길을 걸으며

앉으나 서나 정원생각 4

춘천호수국가정원을 준비하는 데 푹 빠져있는 요즘입니다.
모처럼 휴일을 맞아, 가평 아침고요수목원으로 정원 탐방에 나섰습니다.
다음엔 버스 한 대를 준비해
춘천시민들과 함께 다니면 좋겠다는 생각을 하면서
요소요소 잘 둘러보고 메모도 했습니다.
둘러보는 내내, 아니 돌아오는 길에도
'정원'이라는 두 글자가 노랫말처럼 사라지지 않습니다.

마을정원, 공동체정원, 아파트정원, 수변정원, 학교정원, 옥상정원….
해야 할 게 너무 많습니다.
정원 도시 춘천의 미래,
상상만 해도 미소가 지어집니다.

조만간 관광버스 한 대 준비하겠습니다.
함께 정원 탐방 가실 거죠?

가평 아침고요수목원의 아름다운 정원풍경

Part.3 뚝심
춘천호수국가정원이 희망이다

앉으나 서나 정원생각 5

코로나19로 각종 행사가 취소, 축소되면서
화훼 소비가 급감, 이에 화훼농가와 화원의 어려움은
그 어느 때보다 심각하다고 합니다.
그래서 화훼소비 촉진 캠페인에 적극 참여하기로 결정!
지난 주말, 지역 사무실 아래층 꽃집에서
다육식물을 좀 사 왔는데
덕분에 사무실에 식구가 더 늘었습니다.

거의 식물원과 다름없는 지역 사무실에서
오래오래 함께하길 바라봅니다.
화훼농가와 꽃집, 춘천호수국가정원.
함께 갈 수 있는 방법을 또 고민해봅니다.

/

감사의 마음을 화분으로 받을 때가 있습니다.
대부분 미리 거절하긴 하지만,
간혹 들어오는 화분은 절대 버리는 법이 없습니다.

그러다 보니, 사무실은 식물원 저리가라입니다.
우리 막내 보좌진은 '식집사'를 자처하고 있고요.
(덕분에 화분이 말라 죽는 일이 없답니다)

난부터 금전수, 해피트리, 고무나무….
종류도 다양합니다.
온갖 식물에 둘러싸여 정원문화를
몸소 실천하고 있는 우리 보좌진들!
식물을 조금 더 들여볼까 하는데,
벌써 뒤통수가 따가워지는 건 왜일까요?

식물러버 ♥

두근두근, 첫 번째 정원

올해, 2023년 연말 착공 예정인 정원소재실용화센터.

춘천호수국가정원으로 가는 첫 번째 프로젝트입니다.
센터 그 자체가 첫 번째 정원이 되겠네요.

정원소재실용화센터는 총 사업비 190억 원이 투입되는
산림청 산하 국가 공공기관입니다.
제가 직접 기획하고 예산확보는 물론, 기관 유치까지 끌어냈습니다.
지난해 강원도와 춘천시, 산림청, 한국수목원정원관리원
4개 기관이 업무협약도 마쳤습니다.
그리고 올봄엔 춘천시의회에서
춘천호수국가정원과 정원소재실용화센터 건립을 위한
토지취득 공유재산관리계획안을 통과시켰습니다.

지방정원 조성 후, 국가정원으로 승격시키려는 계획이
차질 없이 '착착' 추진되고 있다는 거겠죠?
벌써 두근거리고 설레는 이 마음!

춘천호수국가정원 지정!
이거… 안 되는 게 이상한 거죠?

「정원소재실용화센터 건립」 업무협약식

|일시| 2022. 9. 22.(목) 10:30 |장소| 강원도청 신관2층 소회의실

청평사와 K-정원

춘천 청평사가 올해 창건 1,050주년을 맞았습니다.
춘천사람들은 물론이고, 관광객들도 자주 찾는
아주 유서 깊은 천년고찰이죠.
그런데 이 친근한 절에
동양에서 가장 오래된 계획정원이 있다는 사실,
알고 계셨나요?

동양 최고(最古)의 고려정원
문수원 영지*가 바로 그 주인공입니다.
청평사로 향하는 산길을 걷다 보면
네모반듯한 작은 연못과 주변에 조성된 정원을 만날 수 있는데요.
놀랍게도 일본의 정원보다
약 200년이나! 앞선다고 합니다.

"일본 정원보다 더 높은 차원의 선원(禪院)"
(박정욱 박사 / 프랑스 한국정원협회 자문위원장)

"국내 유일의 고려 연못인 동시에 우리 전통문화의 정수"
(도후 대종사 / 청평사 주지)

극찬이 쏟아지는 문수원 영지!
하지만 지금까지 그 가치를 몰랐던지라
중장비로 인해 곳곳에 훼손된 흔적도 보입니다.
이제부터 우리가 잘 지키고 가꾸어야 할 의무가 있겠죠?

사진출처: 대한불교조계종 청평사 공식홈페이지

Part. 3 뚝심
춘천호수국가정원이 희망이다

마침, 제가 대표 발의로 통과시킨
「역사문화권 정비 등에 관한 특별법」으로
예맥의 전성기에 조성된 이 고려시대 정원을
복원하고 지킬 수 있게 됐습니다.
이 역사적인 고려정원은 제가 애정하는
'춘천호수국가정원'의 시류이자 원류입니다.

가만있어보자….
최문순 전 강원도지사의 비서실장으로 있을 때니까
약 12년 전이군요.
그때 제안했던 '소양호 둘레길'과
충분히 연결해 나갈 수 있을 것 같은데, 어떤가요?

의지를 가지고 해온 일들은
정말 경이롭게도! 이렇게 구석구석 연결이 됩니다.

'춘천호수국가정원'
넌 다 계획이 있구나?

* 문수원 영지 | 고려 문신 이자현이 현존하는 국내 유일의 고려 연못 영지와 선원을 조성했다.

Part.3 뚝심
춘천호수국가정원이 희망이다

지속가능한 네트워크 정원

도시계획의 패러다임은
획일적이고 일원화된 방식에서 벗어나
사람과 지역성, 시대가 요구하는 방향으로
계속해서 진화하고 있습니다.

'도시의 지속가능성'은 시민들의 권리들을 살피는 데서 출발합니다.
시민들은 우리가 원하는 삶의 모습과 도시의 방향을
적극적으로 요청할 수 있어야 합니다.

'춘천정원포럼 1.0' 토론회장을 가득 채워주신 시민들을 보며,
지역에 대한 사랑과 관심을 다시 한번 느낄 수 있었습니다.
김진태 강원특별자치도지사, 육동한 춘천시장을 모신 자리에서
각계의 전문가, 많은 춘천시민들로부터
좋은 제언을 청해 들었습니다.
다양한 아이디어와 당부도 감사히 받았습니다.
지속가능한 네트워크 정원의 시작입니다.

적극 협조를 약속하신
김진태 강원특별자치도지사와 육동한 춘천시장과 함께
'춘천정원포럼'도 계속해서 버전 업! 하겠습니다.

2023년 4월 5일 개최된 '춘천 정원포럼 1.0'에서
많은 춘천시민분들과 함께

내가 꿈꾸는 시민들의 정원

춘천은 천혜의 자연환경을 가졌지만,
각종 규제로 활용하지 못했습니다.
규제를 춘천 발전의 원동력으로 삼아보겠다는
발상의 전환에서 춘천호수국가정원 조성을 약속드렸습니다.

특히 정원은 기후변화 대응과 국가균형발전 차원에서도 매우 중요합니다.
공공녹지가 탄소 저감에 효과가 있다는 것은
이미 연구를 통해 확인됐죠.

앞으로 춘천 곳곳에 마을 정원이 만들어져
정원이 시민 여러분의 삶 가까운 곳에
자리할 수 있는 환경이 조성된다면 얼마나 좋을까요.
시민 여러분께서 정원문화와 친숙해질 수 있도록
다양한 행사와 교육 콘텐츠를 마련하는 것도 중요하겠죠?

거듭 말씀드리지만, 춘천호수국가정원은
시민 여러분의 더 행복한 삶!
더 편안한 휴식이 가장 큰 목적입니다.
정원이 시민 여러분의 삶 한가운데 녹아들기를….
진심으로 바랍니다.

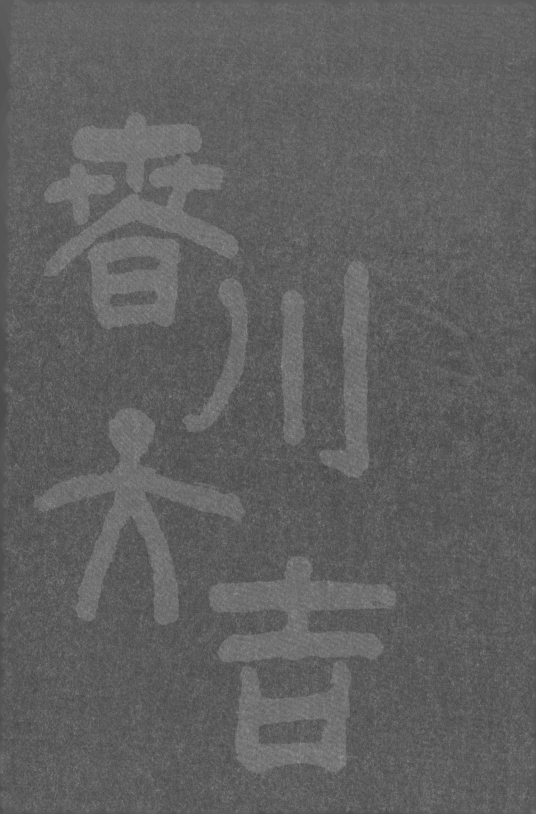

심기일전心機一轉

나한상의 얼굴을 한
투사

센캐? 좋지요! 게임에선 센 캐릭터가 인기 많은 게 당연지사니까요. 그런데 그거 아시나요?
힘이 센 놈보다 무서운 게 바로 웃는 놈이라는 게!

나한상의 얼굴을 한 투사

어느 날 국회의원실로 한 우편물이 도착했습니다.
봉투 안에는 편지와 함께,
대학시절 앳된 얼굴의 제 사진이 들어있었습니다.

지금보다 풍성하고 짙은 머리,
조금 더 날카로운 눈썹뼈와 앙다문 입.
그리고 생동감 있게 포착된 주먹 쥔 손.
1992년 한양대 별도집회 때 사진이었습니다.
참으로 고맙고도 귀한 경험이었습니다.

사진에 찍힌 그대로, 저는 '투쟁심' 가득한 학생운동가였습니다.
어찌 된 일인지 사진을 보내온 분은
편지에서 당시 저를 '귀엽다'고 했지만요.
(여러분은 어떻게 보이시나요?)

/

깨달음을 이룬 성자를 불교에서 '나한'이라 하고
그 모습을 표현한 조각을 '나한상'이라고 합니다.
반달 눈과 푸근한 미소가 인상적이죠.

저희 어머니의 미소는 나한상을 닮았습니다.
저 역시 어머니의 미소를 닮았으니,
조금 더 나이를 먹으면 그리되겠지요?

그런데!

싱글벙글, 희망의 정치를 말하는 Mr. 스마일 허영이
'어? 좀 의외인데?'라는 말을 들을 때가 있습니다.
주로 국정감사에서 목소리를 높일 때,
그리고 집회 현장에서 연설할 때인 것 같네요.

"알고 보니 센캐 네."

1989년 고려대학교 사회학과 1학년 때
등록금 인하 투쟁을 계기로
학원민주화투쟁이 반년 가까이 진행될 때였습니다.
그때 한 교수님이 친구의 목을 조르며 했던 말이
'교수는 학생을 죽일 권한이 있다'였지요.
머리가 핑 돈 그때부터 적극적으로 학생운동에 참여했습니다.

이후 제 25대 총학생회장이 되었고
서울 북부지역 9개 총학생회장협의회 의장이 되었으며
전대협(전국대학생대표자협의회) 6기 중앙위원이 되었습니다.
뭐, 임기 도중 구속되긴 했지만요.

어쨌든 뼛속 깊이 박혀있는 투사의 DNA는 여전히 표출되는 것 같습니다.

센캐*? 좋지요!
게임에선 센 캐릭터가 인기 많은 게 당연지사니까요.
그런데 그거 아시나요?
힘이 센 놈보다 무서운 게 바로 웃는 놈이라는 거!

아무튼, 저는 웃기도 잘 웃고 싸우기도 잘 싸우니까
어떠한 게임에서도 좀 더 유리하지 않을까 싶네요.
안 그런가요?

* **센캐** | 센 캐릭터를 줄여 이르는 말

광명우체국
2023.05.23
14248

대한민국우편
₩430=
KOREA POST
대한민국 KOREA

서울특별시 영등포구 의사당대로 1 (여의도동) 의원회관
허 영 국회의원실

안녕하세요.
옛날 앨범 정리하다 의원님 사진이 있어 보냅니다.
아마도 1992년 한양대 별도집회 사진인 듯 합니다.
당시 제 후배가 찍은 건데 귀여워서 보관했었고 국회의원 당선 후 보내야
지 했는데 이제야 보냅니다. 의원님과 같은 학교는 아닙니다.
마지막까지 국회의원 생활 열심히 하시기 바라고
내년에도 꼭 당선되시길

막말 정치, 그만하시죠!

정치인에게 말과 글은 무기와도 같습니다.
잘못쓰게 되면 언제든 자신을 해치는 흉기가 됩니다.

막말은 정치를 희화화하고
국회의 품격을 떨어뜨리는 행위입니다.

제가 일일이 언급하지는 않을게요.
'막말정치'의 끝을 보이는
몇몇 정치인들은 정말이지
국민 앞에 사죄해야 합니다.

'꺼내어 놓은 말과 글은 시간이 흐를수록 무거워지는 법'
옛 격언을 명심하시기 바랍니다.

아 참!
막말정치에 이어 깐죽정치도 이제 그만!
국정감사에서 말장난하는 거,
국민들 앞에서 창피하지도 않습니까?

더불어민주당 대변인 시절, 국회 브리핑룸에서

그게 국익입니까?

"일본은 그들의 국익에 도움이 되는 가장 싼 방법(해양방류)을 선택했는데
우리나라의 국익은 뭡니까?"

"우리한테 해를 미치지 않도록 하는 것입니다.
 과학적으로 절대적인 기준에 맞춰 방류를 해서…."

"그게 국익입니까?"

"아니죠."

"그건 일본을 용인하는 겁니다!"

"그건 (오염수 방류는) 일본의 주권일지도 모릅니다."

"그럼 우리나라의 주권은요?"

2023. 8. 31 국회 예산결산특별위원회 전체회의에서
한덕수 국무총리에게 질의하다

/

나 참, 진짜….
이번 정부는
일본의 주권과 국익이 먼저랍니까?

우원식 의원의 후쿠시마 오염수 방류반대 단식현장에서(2023. 7)

국회 예결위 결산심사에서 한덕수 국무총리에게 질의하는 모습(2023. 9)

그런 장군을 쫓아내다니요!

제가 묻겠습니다.

제2차 세계대전 당시,
미군이 일본으로부터 침략받았을 때
미군은 러시아와 연합군을 결성했지요.
그래서 일본을 격파하지 않았습니까?

당시 공산국가였던 러시아와 연합군을 결성한 미국도
빨갱이 나라입니까?

'주적'의 개념은 이렇습니다.
북한이 침략하면 당연히 맞서 싸워야죠.
일본이 독도를 침략하면?
역시 싸워서 이겨야 하는 것이 당연합니다.

홍범도 장군의 정신은 '고려독립'과
'일본군과 싸우는 편이 내 편이다'입니다.

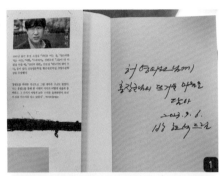

1_소설 '범도' 사인회에서 받은 방현석 작가의 친필사인
2_홍범도 장군 유해봉환 2주년 및 카자흐스탄 국립 아카데미 고려극장 설립 90주년 기념 특별초청공연
3_춘천에서 열린 '내가 홍범도다' 북콘서트에서 홍범도 장군과 함께

공산당 가입 이력 때문에
독립운동가의 흉상을 받아들일 수 없다고요?

러시아에서 독립운동하면서
스탈린으로부터 핍박 받은 고려인들.
40일간 기차를 타고 카자흐스탄으로 강제이주를 당합니다.
열악한 집단농장에서 생활고를 견디다 못해
연금이라도 받고자 공산당에 가입했습니다.

역사학자들과 수많은 문헌이 이를 말해줍니다.
(국방부장관님은) 이거 아세요?

그런 장군을 쫓아내다니요!

대한민국의 육군사관학교는 도대체
무엇을 위해 존재하는 것입니까!

2023. 9. 4 국회 예산결산특별위원회 전체회의에서
이종섭 국방부장관의 무지함에 분노하다

다시, 촛불

춘천에서도 촛불이 타올랐습니다.
춘천시민들의 행동이 자랑스럽고 힘이 납니다.
시민들과 어깨를 나란히 하고 앉았습니다.
후쿠시마 핵오염수를 비롯해 역사왜곡,
민생파탄의 책임을 반드시 묻겠습니다.
바다까지 뻗치는 지배하고자 하는 권력의 욕망은
무서운 해일처럼 국민에 의해 뒤집히고 쓸어질 것입니다.

참 이런 정권 처음봅니다

참 이런 정권 처음 봅니다.
국민의 피와 땀으로 이뤄낸 민주주의를
국가권력을 사유화해 한순간에 망가뜨리고 있습니다.
야당 죽이기, 민주주의 말살 본색을 여지없이 드러내고 있습니다.
윤석열 정권 검사독재 규탄대회 사회를 보며 힘껏 외쳤습니다.

"검사독재 야당파괴 민주말살 규탄한다!"
"헌정유린 독재정치 민주주의 지켜내자!"
"권력남용 보복수사 법치파괴 중단하라!"

무도한 윤석열 정권의 검사독재에 당당히,
의연히 맞서 싸워나가겠습니다.

2023년 2월 17일, 전국시도당 규탄대회에서
사회를 보고 난 후

Part. 4 심기일전
나한상의 얼굴을 한 투사

소외된 이들을 위한 목소리_
교통오지? 이젠 아니거든!

강원도가 오랫동안 벗지 못한 이미지가 있습니다.
'멀다', '교통오지다', '길이 안좋다'

제 국회 사무실에는 강원도 철도교통망이 한 눈에 보이는 지도가
큼지막하게 걸려있습니다.
선이 마구 얽혀있는 다른 지역에 비해
강원도는 휑- 합니다.
지도를 볼 때마다, 국토교통위 위원으로서
최선을 다하자고 다짐합니다.

그러던 2021년 4월,
'제4차 국가철도망 구축계획' 최종안이 발표되었습니다.
강원도와 관련해서 가장 큰 성과는
'용문~홍천' 구간*을 신규 반영해낸 것입니다.
강원도 18개 시·군 중 유일하게
철도가 연결되지 않았던 홍천!
앞으로는 용문까지 35분만에 주파할 수 있게 되었네요.
이전보다 1시간이나 단축되는 '교통혁명' 수준입니다.
그 동안 최문순 전 강원도지사님, 허필홍 전 홍천군수님과
꾸준히 협의하며 이 사업의 추진 논리를 갈고 닦아왔습니다.

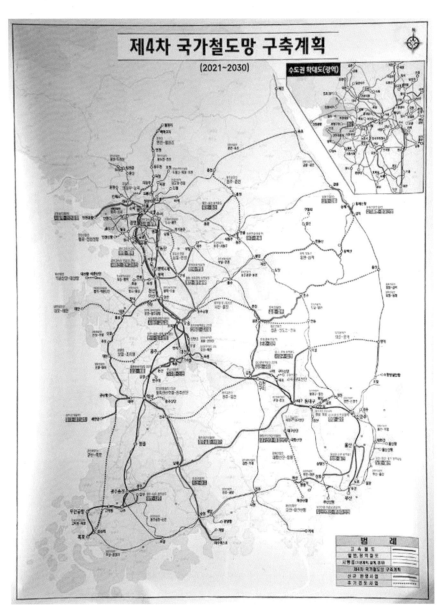

국회의원 회관 835호에 큼지막하게 걸려 있는 국가철도망 지도

그래서 변창흠 전 국토부 장관과도 만나
담판을 짓는 데 성공하게 됐고요.

남북경제협력을 위해 매우 중요한 '춘천~원주 내륙종단철도'와
경원선 '연천~철원 월정리' 구간, 태백영동선 '제천~삼척' 구간이
추가 검토대상에 포함된 것도 큰 성과입니다.*
이밖에 동해선 '강릉~삼척' 구간 고속화사업 역시 채택되었습니다.
강원도 전역이 전국 1일 생활권으로 편입되는
시발점이 될 것이라 예상합니다.

춘천과 속초, 강릉, 원주가 하나로 연결되는
'ㅁ'자형 강원 순환 철도망을 구축해
이제는 교통오지가 아닌, 요충지로서
자리매김할 수 있도록 더 힘내야겠습니다.
교통이 편~한 강원도로 놀러들(살러들) 오세요!

* 용문~홍천 광역철도는 서울역에서 양평군 용문면까지 운행 중인 경의 · 중앙선을 홍천까지(34.1km)
  연장하는 사업이다.
* 4차 수정계획 또는 5차 계획에 최우선 반영한다는 의미

춘천대길

소외된 이들을 위한 목소리_
50년 참았으면 됐지요? 물값 제대로 받읍시다!

춘천 소양강댐이 준공 50주년을 맞이했습니다.
심술을 조금 보태자면….
소양강댐으로 인한 '피해 50주년'이기도 합니다.

소양강댐은 대한민국 치수 정책은 물론이고
'한강의 기적'을 이루는 데 일조한
동양 최대의 다목적댐으로 평가받고 있죠.
하지만, 댐을 건설하면서 3개 시·군에 걸친,
축구장 7천여 개 넘는 면적이 수몰되었고
수많은 이주민들이 발생했습니다.
그뿐인가요? 수도권에 맑은 물을 공급하기 위한
각종 규제까지! (특히 춘천은 전체면적의 6분의 1 이상)

지난 50년간 소양강댐 주변 지역에서 발생한 피해액은
최대 10조 원이 조금 넘는다고 합니다.
반면, 소양강댐에서 발생한 수익 역시 10조 원에
육박하는 것으로 추정되는데요.
물부담금이라 불리는 한강수계기금이라는 게 있지만,
수혜지역이 많은 강원도 배분액은 턱없이 적습니다.

누구는 피해받고, 누구는 편의를 누리는
이 불평등한 구조… 더 이상은 안되겠죠?

그래서 오랜 시간 준비했습니다.
두구두구두구….
바로 '물값 제대로 받기 4법'*입니다!

수자원 사용량에 비례하는 취수부담금을 부과하고
이를 통해 '유역관리기금'을 조성,
나아가 지자체가 부담 없이 물관리에 나설 수 있도록!
그리고 주민피해에 대한 보상 역시 제대로 이루어질 수 있도록!
끝까지 최선을 다하겠습니다.

이미, 30년 전부터 이 억울한 '물값'을 두고
이래저래 말도 많고 탈도 많았는데요.
이것만큼은 명확하게 말할 수 있겠네요.
소양강댐의 물은 그저 한강 상류가 아닌
춘천시민의 물, 모두의 물이라는 것!

* 「물관리기본법」, 「부담금 관리 기본법」, 「댐건설·관리 및 주변지역지원 등에 관한 법률」, 「국가재정법」
  각각의 일부개정안

소외된 이들을 위한 목소리_
농민이 살아야, 나라가 살지요!

벼가 바람에 스스스 사사삭 흔들립니다.
벼 키보다 못한 구부러진 허리로
오늘도 비지땀 흘리고 있는 부모님
농부, 땅 주인들의 아우성을 느낍니다.
제 값 받아달라는 아우성….

/

10년 전 첫 출마때 기본소득법을 제정하겠다고 했습니다.
정책실험과 농어촌소멸을 우려하는 상황에서
농민기본소득을 먼저 준비해
2021년 6월 국회의원들의 서명을 받아
농민기본소득법을 대표발의 했습니다.

그리고 나서 1년 후,
농민기본소득 입법 촉구대회를 개최했습니다.
많은 분들이 오셔서 회의장이 꽉 찰 정도였죠.
농민기본소득 도입에 대한 열망이었습니다.

/

농업은 단순히 식량을 생산하는 산업이 아닙니다.
환경을 보호하고 문화와 전통을 계승할뿐 아니라
식량주권, 즉 국가안보에 있어서도 중요한 역할을 합니다.
하지만 고령화와 도농 소득격차 심화로
급격히 감소하는 농촌 인구는
지역소멸, 농업소멸로 이어지고 있습니다.
각종 기후위기 인자들은 가뜩이나 열악한 농업환경을
더욱 악화시키고 있습니다.

위기가 아닌 적이 없었던 농업과 농민을 살려야 합니다.
저는 그 답이 농민기본소득 도입이라고 생각합니다.
시작한 만큼 끝까지!
챙기겠습니다.

2022년 9월, 농민기본소득법 입법촉구대회에서

소외된 이들을 위한 목소리_
느린학습자가 어때서? 1

경계선지능인이라고 아시나요.

경계선지능(IQ71~84)과 그와 유사한 어려움을 겪는 사람들로

천천히 배우는 특성에 따라 느린학습자라 부릅니다.

통계적으로는 전체 인구의 약 14% 정도로 추정되고 있습니다.

인구 수로 환산하면 약 720만 명이죠.

장애인의 기준에는 부합하지 않고

비장애인 사이에서는 느린 인지를 이유로 불이익을 받는

말 그대로 어디에도 속하지 못한 채

경계 위에서 위태롭게 살아가고 있지요.

평생 학습부진과 따돌림, 폭행, 사기, 고용불안 등

다양한 어려움에 직면하고 있습니다.

아마 모두에게 있어 한 번쯤은 만나봤을

친구, 이웃이었을 겁니다.

명백한 우리 사회의 인권과 복지 사각지대죠.

2022년 봄, 처음 이 주제를 접하고 느낀 바가 컸습니다.
그해 10월과 이듬해 3월
경계선지능인 관련 조례까지 춘천시의회와 강원도의회에서
각각 부결된 사태를 접하고,
더 이상 지켜보기만 할 수는 없다고 생각했습니다.
상위법이 없다면 만들어야죠!
그게 국회의원의 할 일이니까요.

느린학습자들을 지원하는 입법을 준비하면서

소외된 이들을 위한 목소리_
느린학습자가 어때서? 2

2023년 4월 3일
「경계선지능인 지원에 관한 법률안」을 대표발의 했습니다.
없는 법을 새롭게 만드는 '제정안'입니다.

총 57명의 국회의원이 같은 마음으로
이 법에 힘을 모았습니다.
그리고 법안의 준비부터 발의까지 함께 애써주신
경계선지능인 지원법 추진연대 회원분들께
굳건한 연대와 지지를 보냅니다.
당사자로서 그리고 가족으로서
오랜시간 외로운 싸움을 해오느라 무척 힘들었을텐데
그 '경계'가 '한계'가 되지 않도록 최선을 다하겠습니다.

국가와 지역사회, 그리고 정치는
이웃의 고통을 이해하는 데 적극 개입해야 합니다.
함께하는 세상에 희망이 있으니까요.

소외된 이들을 위한 목소리_
수많은 전태일을 위해

SNS에 올라온 몇 장의 사진이 우리 사회에
큰 충격과 울림을 주었습니다.
그것은 지하 탄광의 광부를 연상케 하는
현대자동차 전주공장 비정규직 노동자들의 모습이었습니다.
마스크를 썼다는 사실이 무색할 정도로
그들의 코와 입 주변은 새까맣게 변해 있었습니다.

"우리는 기계가 아니다. 근로기준법을 준수하라"고 외치며
전태일 열사가 산화한 지 50년이 지났지만,
우리의 노동 현실은 아직 갈 길이 먼 것 같습니다.
불법과 불공정, 차별과 혐오로 인해 거리에 내몰리고,
살아가기 위해 목숨까지 걸어야 하는 현실은
그때나 지금이나 크게 다른 것 같지 않아
마음이 무겁고 아픕니다.

중대재해기업처벌법의 핵심은
기업의 최고책임자·원청의 책임자에게 안전관리 의무를
명확하게 규정함으로써 사고가 발생했을 때
그 의무위반으로 인한 무거운 책임을 지게 하는 것입니다.

Part. 4 심기일전
나한상의 얼굴을 한 투사

아직 많은 과제들이 기다리고 있습니다.
특히 최근들어 노동의 전통적인 개념은
플랫폼 노동과 같은 새로운 도전을 마주하고 있습니다.
복잡화와 분화, 노동가치의 세대별 인식변화 등
새로운 시대의 노동과제를 위해 보다 심층적인 분석과
토론이 이어져야 합니다.
한편으로는 생존 그 이상의
삶의 질을 높이기 위한 노동 역시 같이 논의되어야 합니다.
일을 할수록 불행해지는 사회, 피로사회이자 소진사회에서는
노동의 가치가 바로 설 수 없습니다.

'내 죽음을 헛되이 하지 말라'고 한 전태일 열사와
현재의 수많은 전태일들을 위해
노동 기본권을 강화하고, 노동시장의 양극화를
해소할 수 있는 방안을 찾겠습니다.
급변하는 노동환경에 긴밀히 대응해 나가겠습니다.

춘천대길

소외된 이들을 위한 목소리_
기계 앞에서 작아지는 이들을 위해…

춘천시민들의 쾌적한 서울권 통학과 출근을 돕는 ITX청춘!

하지만 이 열차를 이용하려면 악명 높은 난관이 있었지요.
바로 빠알간 빛을 내뿜는 QR코드 인식기입니다.
저도 다급한 일정에 맞추기 위해 ITX를 탈 때,
이 빨간 빛 앞에서 종종 작아집니다.

코레일 입장에선 경춘선이 전철과 ITX가
같이 지나는 구간이다 보니
부정승차 대책이 마땅치않아 도입한 것일 텐데,
인식기가 너무 작고 인체 구조와도 잘 맞지가 않았습니다.

그러다보니 하차 시간대에
개찰구 주변은 언제나 북새통입니다.
인식이 잘 안 되니 인파는 밀리고,
개찰구 무단 통과 경고음에~ 차단기 닫히는 소리까지!
정말이지 정신이 없었습니다.
역무원분들이 매번 나오시지만,
그것이 근본적인 대책이 되진 못했습니다.

춘천의 페친들을 비롯해,
여러 시민들께서도 하소연을 하셨는데
제가 마침 국회 국토위 소속인지라
지난해 국정감사에서 이 문제의 개선을 강력히 요구했었습니다.

그리고 마침내!
QR코드 인식기가 바뀌었습니다, 짝짝짝!

앞으로는 개찰구 앞에서 헤매다 열차 놓칠 일도,
기계와 안 친한 분들의 두려움도 줄어들면 좋겠습니다.

우리 춘천시민 여러분, 춘천을 찾는 관광객 모두
즐겁고 편리하게 열차 이용하세요~
이젠 쫄지 마시라구요!

QR코드 인식기 교체 전과 후, 인식센서가 상부로 조정됐고 크기가 확대됐다.

소외된 이들을 위한 목소리_
작은 목소리가 가져온 변화

얼마 전, 춘천의 한 아파트 단지
주민들과 간담회가 있었습니다.
몇 가지 건의 사항이 있었는데요.
그 중에 한 가지가 아파트 단지 뒤, 초등학교에서 그리 멀지 않은 곳에
급경사로 이뤄진 계단이 있는데….
난간 기둥의 간격이 너무 커서 아이들이
위험할 수 있다는 것이었습니다.

아이들의 안전과 직결되는 문제였기에
간담회 직후, 우리당 시의원 분들과 함께 협의하고
춘천시청 관련 부서와 개선방안을 논의했습니다.

그러자!
곧장, 관련부서에선 현장실사를 나갔고
난간 기둥의 간격을 좁히는 작업이 시작됐습니다.

비록 작은 부분이지만,
아파트 주민들의 숙원사업 하나가 해결됐습니다.
주민들의 걱정에 공감하고, 머리를 맞대니
반복 민원으로도 해결될 수 없었던 일이 이루어집니다.
소통은 '하는 척'이 아닌 진심이어야 합니다.

아파트 단지 내 계단 난간, 기둥간격을 좁히는 보완조치 중

주민과 함께하는 현장 간담회 모습

Part.4 심기일전
나한상의 얼굴을 한 투사

Part.5

수구초심首丘初心

춘천대길
그리고 나의 근본이 되는 모든 것

지역에 몸이 있어야 지역에서 일어나는 일을 귀로 듣고 또 체감합니다. 춘천의 모든 것이
체화되길 바라는 것도 있고요.
호수와 산, 땅과 공기, 우리 가족과 이웃 그리고 나의 뿌리 부모님까지. 저의 근본이 되는 모든
것들을 사랑합니다.

다 여러분 덕입니다

국회의원 당선 후
많은 언론에서 이렇게 소개하더라고요.
'김진태를 꺾은 허영'이라고요.

하지만, 당시 승리의 영광은
'허영을 당선시킨' 춘천시민들에게 돌리고 싶었습니다.
그리고 마음으로 듣고, 발로 뛰며
국회와 춘천 곳곳에서
시간과 열정으로 보답하고 싶었습니다.

열심히 한다고 했는데
제 마음이 조금이라도 전달이 됐는지 모르겠습니다.
그때나 지금이나 저를 움직이게 하는 원동력은
여러분입니다.

'김진태를 꺾은 허영' 타이틀은 이젠 NO!
'춘천시민들이 당선시킨 허영'으로
다시 한 번 신발 끈을 꽉! 묶습니다.

Part. 5 수구초심
춘천대길 그리고 나의 근본이 되는 모든 것

불변의 법칙 1. 출퇴근

'허영은 지독하다.'
종종 듣는 얘깁니다.
네, 제가 좀 독한 구석이 있는 것 같습니다.
지난 3년간 국회 출석율 96.7%
상임위 출석율 100%.
국회에 출석하는 건 기본 중의 기본,
국회의원으로서 당연한거지요.

그런데, 주변 분들이 지독하다고 하는 포인트는
좀 다른 부분인 것 같습니다.
아무리 바빠도 꼭
춘천으로 복귀하는 것!
아무리 바빠도 꼭
춘천에서 출발하는 것!

그렇기 때문에 특히 기상시간은
저에게 불변의 법칙입니다.
지역에서의 일정을 소화하다보면
늦은 시간까지 술자리가 이어지는 경우도 있는데요.
아무리 술을 많이 마셔도, 새벽기상은 거를 수 없습니다.

비가 오나 눈이 오나 바람이 부나

새벽 5시에 눈을 떠, 여의도 국회에 갈 준비를 합니다.

아내도 덩달아 남편 배웅으로 분주하지요.

왜! 굳이!

춘천을 꼭 찍고 오느냐는 질문도 받는데….

그야 제가 춘천사람이기 때문이지요.

지역에 몸이 있어야

지역에서 일어나는 일을 귀로 듣고 또 체감합니다.

춘천의 모든 것이 체화되길 바라는 것도 있고요.

지역 사무실은 선거캠프가 아닌 본진이어야 합니다.

'지독하다'도 좋지만,

이제는 장거리 출퇴근하는

부지런한 이웃이라 봐주심이 어떨는지….

불변의 법칙 2. 아침루틴

불변의 법칙 두 번째, 아침루틴!
835호 국회사무실에 도착하면
가장 먼저, 직접 드립커피를 내립니다.

그 다음 제가 좋아하는 커피를 마시면서
지역신문을 꼼꼼하게 정독하는데요.
어쩌다 신문기사 오타를 발견할 때가 있는데….
그럴 때마다 보좌진들이 고개를 절래절래 흔듭니다.
(속으로 또 '지독하다' 했을테죠?)

신문을 보고 난 다음엔
보좌진들이 정성껏 스크랩해준 중앙일간지 자료를 읽습니다.
그 다음, 제가 보고 싶은 자료를 찾아보거나
책을 읽기도 하죠.

이것이 3년간 매일같이 이어온
저의 아침루틴입니다.
새벽 다섯 시부터 누구보다 알차게 아침을 쓰고 있지요.

하루의 시작은 늘 신문과 커피로!

왜 이렇게 스스로에게 철저할까 생각해 봅니다.
뭐, 구구절절 많은 이유가 있겠지만….
철저하지 않으면 책임져야 하기 때문입니다.

나 자신과의 약속을 철저히 지키면서
제 스스로도 단단해지는 훈련을 하는 중입니다.
이 또한 나아가기 위함이겠죠.

찾아가는 민원

국민소통 민심경청 프로젝트!
거창하게 이름을 내걸었지만
사실, 저에게 듣는 건 일상입니다.
지역사무실에 찾아오는 분들의 이야기를 들을 때도 있지만
여유가 있을 땐, 웬만하면 밖으로 나가려고 합니다.

춘천역에서 춘천을 찾은 방문객들과
서울로 향하는 춘천시민들을 만납니다.
시장통에선 오랜시간 자리를 지키고 계시는
상인 분들과 시민들의 민원을 경청합니다.

굉장히 적극적인 시민들의 참여 속에서
'아직 우리에 대한 기대와 신뢰가 있구나.'
희망을 느꼈습니다.

새삼 지난 경청의 시간을 되돌아보니,
또 밖으로 나가고 싶어지네요.
지난 3년간 참 많이도 다녔습니다.
그래도 부족합니다.
쓴소리든 단소리든 뭐라도 말해주시는 게 정성입니다.

Part. 5 수구초심
춘천대길 그리고 나의 근본이 되는 모든 것

체력이 국력? 지역력!

춘천 송암동에 에어돔이 생깁니다.
총 125억 원의 예산을 확보해, 에어돔 내에
아홉 면의 배드민턴 코트와 배구장, 실내 축구장이 들어섭니다.
진짜 춘천대길로 한발짝 한발짝 다가가고 있는 것 같네요.
생활체육인들에게 멋진 플랫폼이 되기를 기대합니다.

그런데!
춘천시 배드민턴협회장 취임식에서 보니
84세 어르신도 배드민턴을 정말 잘 치시더라고요.
그런데 저는 오십견….
아주 불량한 체력을 가지고 있네요.
걷거나 뛰는 건 괜찮은데
농구, 축구, 배구, 배드민턴 같은 운동은
부상당할까봐 더 움츠러드는 것 같습니다. 이런….

최근들어 춘천 그 자체의 매력을 기반으로하는
각종 스포츠 대회와 축제들이 다시 활력을 찾고 있습니다.
조금 더 좋은 환경을 마련할 수 있도록
체력도 팍팍 키워야하는데….
클럽활동을 좀 해봐야겠습니다.
Step by step!
체력이 바로 지역의 힘이니까요!

전통시장은 나의 힘!

명절을 앞두고 꼭 빼놓지 않는 게 있습니다.
바로 시장에서 장보기!
동료들과 함께 애막골 시장부터, 풍물시장, 동부시장,
중앙시장, 제일시장, 후평시장 등
모든 시장을 쭉 돌기도 하지만,
소소하게 아내와 둘이 장도 보고
명절인사를 드리는 시간이 정말 좋습니다.

저는 시장에서 태어나 자랐습니다.
시장은 어머니의 품입니다.
그 품안에서 꿈꾸었던 삶의 정치를
꼭 펼쳐나가겠다고 다짐했지요.

국회의원이 된지 얼마 되지 않아
행안부 특별교부세 7억 5,300만 원을 확보해
춘천 풍물시장의 노후시설을 개선했습니다.
노후점포를 보수하고 시장 내 노상주차장, 도로와 인도 정비
쉼터 환경개선 등….
쾌적한 풍물시장을 지날 때마다 뿌듯해집니다.

시장에만 오면 항상 힘을 얻습니다.

물건을 사고 인사를 나누다 보면

시장통에서 허씨상회를 운영하셨던 어머니, 아버지 생각이 납니다.

손님들의 웃음과 시장 곳곳을 헤집고 다녔던 추억.

다소 지쳤던 몸과 마음이 다시 따스해집니다.

그 응원을 반드시 자랑스럽고 성과를 내는 정치로

보답해 나가겠습니다.

35년 전, 포스터 속 허영

2022년 가을, 지역 일정 후 국회로 올라가기 전에
요선동 조운웰컴센터에서 열린
'포스터 in 춘천' 전시회에 잠시 들렀습니다.
1980년대부터 90년대까지 전성기를 이뤘던 춘천의 공연역사를
포스터와 팸플릿, 티켓 등을 통해 볼 수 있었는데요.

그 곳에서 발견한 아주 진귀한 자료!
35년 전, 강원고등학교 극회 '파란자전거'의 창단공연
'우보 市의 어느해 겨울' 팸플릿에서
까까머리 고등학생 시절 허영을 만났습니다.

사회의 부조리에 대해
금세 무언가 외칠 것 같던 눈빛의
사춘기 반항아 허영.
어느덧 이렇게 성장해 이웃의 어려움을 먼저 살피고
사회의 불합리를 고쳐나가야 하는 어른이 되었습니다.

오래 전 빛바랜 사진 속 허영을 다시 만날 수 있도록
좋은 전시를 기획해주신 문화통신의 박동일 선배님!
지역의 오랜 문화기획자로서 수십여 년간
공연 관련 자료들을 아카이빙해오셨는데요.
(당시 행정에선 아카이빙이란 개념조차 없었습니다)

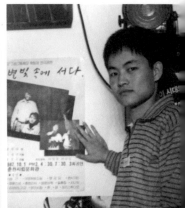

2022년, '포스터 in 춘천' 전시회에서 35년 전 허영을 만나다

선배님이 소장한 자료를 통해
춘천 공연문화의 흐름을 알 수 있는 계기가 됐습니다.
그 뿐인가요!
지금은 철거된 춘천시립문화관의 기억,
어린시절 누군가와 공연을 봤던 추억까시….
시민들의 가슴을 다시 뛰게합니다.

지역의 고유한 문화를 이어가는 데 있어
'기록'은 참 중요합니다.
누군가는 해야했을 일들이지요.
선배님 덕분에 다시 또 힘을 얻어
한걸음 한걸음 내딛습니다.

나의 최종 꿈은 연극배우!

출연했던 한 방송 프로그램에서
마지막으로 받은 질문입니다.

다시 태어나, 삶을 선택한다면?
'연극배우 vs 국회의원'

방송을 보신 분들은 알겠지만
한치의 망설임 없이 '연극배우'를 선택했습니다.
제 인생에서 첫 번째 장래희망이 바로
연극배우였기 때문인데요.

연극배우는 국민의 삶에 희망을 주는
큰 무기를 가지고 있다고 생각합니다.
국민들을 울고 웃기고, 때로는 분노와 화를
치유해주기도 하고요.
배우가 가질 수 있는 힘은 생각보다 굉장히 큽니다.

저의 꿈은 여러분에게 희망을 주는 사람이 되는 것입니다.
국회의원으로서 할 수 있는 모든 일을
다 했다고 생각했을 때,

'희망'을 드릴 다른 방법을 찾게 되겠죠.

언제고 이루고 싶은 것이 바로 '꿈'이니까요.

뭐, 아직 갈 길이 멉니다만….

저의 꿈, 응원해주실거죠?

커피사랑

춘천에서 드립커피의 지존(?)이라고
감히 말씀드리고 싶은 곳이 있습니다.
굳이 상호명을 밝히진 않겠지만
페이스북에서 아이스드립 동영상을 보자마자
한숨에 달려가 인도 몬순 아이스드립 커피를 마셨더랬죠.

몬순에 이어 세계 3대 커피중 하나인 예멘 모카 마티리.
뭐라 표현해야 하나….
막 커피 먹는 무식한 초보자로서
'커피 향과 맛이 다 다르구나'를 느끼게 해준
색다른 경험이었습니다.
강한 향과 적당한 신맛, 때로 느껴지는 구수함.
입과 코가 즐겁고 행복한 시간이었습니다.

저는 지역일정이 있을 때마다 카페탐방을 즐깁니다.
특히, 골목 골목 작은 카페들을 찾아다니는 재미가 쏠쏠한데요.
청년들이 운영하는 공간에선
'젊은 감각과 열정들이 세상을 움직이는구나.'
몸소 느끼곤 합니다.

춘천커피협회 발대식에서도 언급했는데요.

춘천을 검색하면 빅데이터상으로

'커피'와 '카페'라는 단어가 따라옵니다.

그만큼 춘천은 이미 커피의 성지가 되었다는 거겠죠?

참 좋은 일입니다.

개개인의 개성, 스토리가 담긴 공간과 브랜드가 참 많은 춘천!

지역의 모든 커피 소상공인들과 지역주민들이 공감할 수 있는

커피도시 춘천이 되었으면 합니다.

어쨌거나 허영의 커피사랑도 계속됩니다! 쭈욱~

끈질기게! GTX-B 노선연장

국회의원 임기 시작과 함께
끈질기게 밀어붙인 것 중 하나가 바로
'GTX-B 노선의 춘천연장'입니다.

수도권광역급행철도인 GTX-B 노선은
수도권의 심각한 교통상황을 해소하고자
2008년 처음으로 제안된 사업입니다.
현재 수도권 외곽과 서울 도심지를 30분대에 연결하는 것을 목표로
현재 A, B, C노선으로 추진되고 있는데요.

GTX-B의 경우,
'기존 경춘선을 활용하여 마석까지 운행하는 노선(80.08km)'을
추진 진행 중에 있습니다.
그렇지 않아도 경춘선의 열차 지연이 잦은 편인데….
여기에 수도권광역급행열차까지 같이 다니게 되면,
경춘선의 혼잡도는 더욱 가중될 것이 뻔합니다.
이로 인한 피해는 GTX-B 열차가 다니지 않는 지역, 특히 춘천 시민들에게
고스란히 전가될 것입니다.

의원실에서 분석한 결과,

기존 역사를 조금만 보수해서 정차할 수 있게 한다면

별도의 선로 개량 없이도 충분히 가능합니다.

일부 혼잡시간대만이라도 춘천까지 연장 운행해서,

혼용 운행에 따른 지연을 최소화해야합니다.

광역철도 지정기준 개선을 위해, 제도개선에도 발 벗고 나섰습니다.

촘촘한 교통망 구축은

강원도의 지방소멸을 막고 균형발전을 이뤄내는 시작점입니다.

정현자 애(愛)찬론 1. 아내의 생일

오늘은 아내의 생일입니다.
평소보다 조금 일찍 국회에서 춘천으로 퇴근하고 있습니다.
오늘 아침에는 아내의 손에 이끌려
아파트 관리사무소와 주민센터에 가서 인사를 했습니다.
이사한 지 얼마 안 되었거든요.
저는 아내복을 참 많이 받았습니다.
정말이지 최고의 보좌관입니다.
더욱 사랑하겠습니다.
그리고 건강했으면 좋겠습니다.

2020년 11월 12일, 아내의 생일날

/

예결위 질의를 마치고 춘천으로 귀가하고 있습니다.
매년 돌아오는 내일이 제겐 큰 행복입니다.
아내 생일이기 때문입니다.
출퇴근을 하지만 새벽 출근에 늦은밤 퇴근이기에
가족의 일상을 찾기엔 참 부족합니다. 미안할 따름입니다.
오늘은 그래도 좀 준비했습니다.
저를 대신해 지역에서 참 많은 역할을 해주는 당신에게
고맙고 감사하고 사랑하고 또 고맙습니다.

2021년 11월 11일, 아내의 생일을 하루 앞두고

아내 정현자의 생일입니다.
결혼을 앞두고 〈아내처럼 멋진 드라마는 없다〉라는
소설을 읽은 적이 있습니다.
어디 드라마뿐이겠습니까!
아내처럼 멋진 친구, 동지도 없지요.
늘 고맙습니다. 사랑합니다.

2022년 11월 12일, 아내의 생일날

정현자 애(愛)찬론 2. 결혼기념일

오늘은 결혼22주년 기념일.
남춘천역 부근에 있는 한 음식점에서 조촐한 기념파티 중입니다.
행복하게 서로 사랑하고, 존중하고, 존경하며 살아가겠습니다.
아내 덕에 오늘이 있습니다. 고맙습니다.

2021년 5월 30일, 결혼 22주년에

/

결혼 23주년 기념일입니다.
아내 정현자의 유일한 당선인 허영입니다.
사랑합니다. 건강하게 오래오래 당신의 당선인이길 바라며…

2022년 5월 30일, 결혼 23주년에

/

운명의 벗, 정현자.
당신이 지금의 허영을 만들었습니다.
결혼 24주년이네요.
당신이 있어서 살아갈 힘을 얻습니다.
당신이 있어 희망이 생깁니다.
당신이 있어 허영이 빛이 납니다.
늘 고맙고 사랑합니다.

2023년 5월 30일, 결혼 24주년에

Part. 5 수구초심
춘천대길 그리고 나의 근본이 되는 모든 것

정현자 애(愛)찬론 3. 영셰프되기

아내를 도와 영셰프 도전!
메뉴는 녹두김치전인데요. 엄청 맛있습니다.
비주얼도 짱이지요?
맥주 한 잔과 시음해 보고….
내일 설 차례상에 올릴 예정입니다.
카놀라유 기름을 썼는데요. 카~~~놀라워~~유!

2022년 1월 31일, 아내와 함께 설 음식을 준비하며

/

서툰 마음에 서툰 솜씨입니다.
조상님도 생각하고 양구에서 오실 부모님도 생각하고,
서울 일산에서 올 가족들도 생각하고,
무엇보다 아내를 생각하며 서툴지만 일손을 보탭니다.
고구마전, 이게 아주 맛있습니다.
조금있다 마실 맥주가 기다려집니다.
맛있는 추석 보내세요!

2022년 9월 9일, 추석을 앞두고

Part.5 수구초심
춘천대길 그리고 나의 근본이 되는 모든 것

정현자 애(愛)찬론 4. 언제나 함께

연휴 마지막날은 온전히 아내와 함께….
물도 맑고 공기도 맑으니 마음도 절로 비워집니다.
장소도 장소지만, 저에게 힐링은
아내와 함께하는 그 자체인 것 같습니다.
남은 시간 모두들 힐링하시길!

2022년 9월 12일, 아내와 함께 추석연휴를 마무리하며

/

우리 아내가 가장 바쁜 김장철입니다.
함께 나누는 김장이어서 더욱 맛있습니다.
연일 김장봉사를 하고 있는 아내….
많이 고되고 힘들텐데, 내색 한 번 안합니다.
오늘은 집에서 백마디 말 대신
어깨 안마를 해줘야겠습니다.

2022년 11월 8일, 김장봉사로 바쁜 아내를 보며

아내가 애막골 번개시장에서 장을 봐온 땅의 자식들.

봄 밥상에 봄꽃이 되어 피어 있네요.

제철 밥상을 정성스레 차려준 아내의 마음에 감사합니다.

소중히 가꿔주신 농부의 마음에도 감사합니다.

오늘도 아내와 함께입니다.

이 마음 간직하고…. 다시 일하러 고고고!

2023년 3월 19일, 아내의 밥상을 마음에 먼저 담으며

착하게 그러나 단호하게

아들 하나, 딸 하나.

아들은 어느덧 전역을 했네요.
아내의 말을 빌리자면,
입대할 때는 도토리같이 귀엽더니
제대할 때는 제법 상수리나무 같은 청년이 되었다고….
정말이지 키도 훌쩍 크고 마음도 컸습니다.
하고픈 일 잘 찾아가는
여행과 같은 인생이 되길 바랍니다.

딸 아이를 생각하면,
유독 열아홉 번째 생일이 기억납니다. 벌써 5년 전이네요.
어떻게 커가는지 겉모습만 모이고 내면은 보이지 않던 시절.
문득 딸이 이야기하더군요.
자신이 자신에게 주는 생일선물로
무엔거*의 〈착하게 그러나 단호하게〉라는 책을 사보겠다고 말합니다.
책의 부제가 '당신의 착함을 이용하는 사람들에게 먹이는 한방'입니다.
그 책이 딸에게 도움이 되었는지는 한 번 물어봐야겠습니다.

모든 아들, 딸들에게
어쩌면 제가 하고 싶었던 말이었는지도 모르겠습니다.
"부디 성장하기를 그치지 말고,
지금까지도 그랬듯이 앞으로도 계속 선량하라"고 말입니다.
착하게 그러나 단호하게!

* **무옌거** | 중국의 심리 · 정신분석학자이자 베스트셀러 작가

모모와 루오네 집

오랜 시간 반려동물 가족으로 살아온 우리 집.
퇴근하면 고양이 둘, 강아지 두 녀석이
앞서거니 뒤서거니 반겨줍니다.

특히 10살이 넘은 냥이의 건강을 차츰 생각할 시기여서 그런지….
춘천시 반려동물응급의료센터 개소식*이 반갑기만 합니다.

국민 4명 중 1명이 반려동물과 함께 살아갈 정도로
반려동물 산업은 이미 유망산업이 됐습니다.
춘천시 역시 적극적인 정책을 펼쳐나가고 있는데요.
입법과 의정활동을 통해 관련산업 육성과
동물복지, 동물의료서비스 개선을 위해
늘 함께 고민하고 노력하겠습니다.

우리집 냥이 '모모'를 보고 썼던 글이 있네요.
무슨 노래가사 같기도 하고….

"모모는 참 지적이예요. 책 베개를 좋아지요.
때때로 창밖을 바라보며 사색도 합니다."
우리 모모, 눈이 참 예쁘죠? (다른 녀석들이 질투하겠네요)

* 강원대학교 수의과대학부속동물병원에 반려동물 응급의료센터 개소(2022)

루오

모모

유봉의 사위

저의 모교 강원고등학교와
아내의 모교 유봉여자고등학교.
예전엔 두 학교가 담장 하나를 사이에 두고
나란히 붙어있었습니다.

아내와 천생연분을 맺고 나서는
그야말로 동문, 가족 고등학교가 되었는데요.
그 동문회 자리에 제가 빠질 수가 없겠죠?

강원고등학교 금병산 가족등반대회와 환경정화 활동,
유봉여고 총동문회장 이취임식까지.
주말을 달군 뜨거운 저의 두 고교사랑!
아내의 동문들이 모인 자리에선
'유봉의 사위'로서!
날쌘 춤 솜씨까지 선보였습니다. 이런….
꽃봉 Forever!

두 고교뿐만 아니라,
춘천 출신 모든 동문들의 고교사랑!
우리 지역의 큰 자랑입니다.

2023년 유봉여고 총동문회장 이취임식에서
유봉의 사위로서 십분 활약하다.

저와 함께 '착한 돈쭐' 어떠세요?

요즘 음식 장사하시는 분들 참 많이 힘드십니다.
식자재값 오르죠. 인건비 오르죠.
기름값도 오르는데 금리까지 오르니,
대출 이자까지 정말 죽을 지경이라고 하십니다.
늘 어렵다고는 하지만 지금이 '찐 위기'입니다.
그런데! 삼중고, 사중고를 겪으면서도
착한가격 유지하고 좋은 서비스 제공해주고 계신 분들이 있습니다.

맛도 좋고 청결하며 친절하기까지 한
5,000원짜리 칼국수집.
직접 기른 쌈 채소가 한상 가득한
오리 제육 쌈밥집.
꿈자람 카드를 가지고만 있으면 금액 차감도 없이
그 아동에게 무료로 식사를 제공하는 라멘집까지….
선한 영향력까지 듬뿍 나눠주시니,
사장님들 덕에 제가 다 신이 납니다. 정말 감사합니다.

지역사무실에 있는 식구들을 다 데리고
천사같이 선한 영향력을 나누고 계신 분들을 위해
작은 '돈쭐'이라도 보태고 싶어 찾았는데….
정작 제가 '맛쭐(정말 맛있어서 혼쭐남)'이 나지 않았겠습니까?

정말 이래도 되는지 모르겠습니다.
틈나는 대로 먹방 블로거 역할을 좀 해야겠습니다.

여러분들도 가족, 친구, 동료와 함께 찾아주시고
응원해주시길 부탁드립니다.
인증샷도 남겨주시면 금상첨화입니다.
선한 영향력으로 '착한 돈쭐' 내드리자고요. 아주 매섭게요!
민생이 우선입니다!

#춘천 #착한가게 #39곳 #영이가 찾아갑니다

정치는 효도다

허영의 노랫자락이 울려퍼지는 계절 5월입니다.
의외로 한 노래 한다는 소문이 돌기도 하지요.
춘천의 모든 가족을 운명처럼 모셔야 하는 저에게
5월은 참으로 바쁜 달입니다.
어버이날을 맞아 펼쳐지는 읍면동 경로잔치에서
효도를 빙자한 재롱을 떨어야 하기 때문이죠.
(은근 스트레스 해소인 건 안 비밀)

춘천 남산면 산수리에선
저의 애창곡 '무조건' 대신에
'황진이' 노래 한 자락 뽑았습니다.
어절씨구~ 저절씨구~
춤사위가 절로 나오더라고요.
참으로 부끄럽지만 언제적 고고춤을….
그래도 우리 아버님, 어머님들이 즐거우셨으면 됐습니다.

그런데 효도하러 가서 에너지만 잔뜩 얻어왔네요.
그래서 정치는 효도인가봅니다.
그 힘으로 더 열심히 해야죠.
모두 오래오래 만수무강하십시오.

Part.5 수구초심
춘천대길 그리고 나의 근본이 되는 모든 것

우리사회의 뿌리이자 버팀목

노인의 날을 맞아, 어르신들의 숭고하고 헌신적인 삶을
귀하게 여기고 공경의 마음을 다시 한번 새깁니다.

어르신들께서는 식민지와 전쟁의 고통을 이겨내고
이 땅의 민주화와 경제 성장을 이끄셨습니다.
긴 세월 동안 흘리신 땀과 노력에 대해
진심으로 깊은 감사의 말씀을 올립니다.

2026년이 되면 65세 이상 어르신이
전체 인구의 20%를 차지하는 고령화 사회에 진입합니다.
건강하고 활기찬 노후 생활이 이뤄지도록 해야 합니다.

무엇보다 중요한 것은 일자리입니다.
양질의 어르신 일자리가 더 늘고 각종 복지정책이
빈틈없이 집행되도록 더욱 노력하고 점검해야겠습니다.

어르신들의 경륜과 지혜가
지금의 대한민국을 만든 것임을 잊지 않겠습니다.
어르신들의 내일이 더 빛날 수 있도록 잘 모시겠습니다.

Part. 5 수구초심
춘천대길 그리고 나의 근본이 되는 모든 것

선배시민이라고 들어보셨나요?

'선배시민'
노인이라는 부정적 인식이 강한 단어의 대안으로
어르신들이 더이상 돌봄의 대상이 아니라는
인식에서 출발한 단어입니다.
오랜 삶의 지혜를 바탕으로 공동체의 다양한 문제를
함께 해결해 나가는 의무와 권리를 지닌
당당한 주체임을 뜻하는데요.

동부, 남부, 북부노인복지관, 소양강댐효나눔센터에서
선배시민들의 활동 성과와 정책을 발표하는
'춘천시민선배대회'가 있었습니다.
대회 끝까지 선배시민의 정책제안과 성과공유를 들었습니다.
유기견, 자전거교통안전, 시내버스 시스템 개선과 농촌 일손부족,
음식물 쓰레기와 환경, 소양강댐-청평사 스카이워크설치 등
다양한 사회문제를 발굴하고 정책을 제안하는 과정에서
선배시민들의 삶의 지혜를 고스란히 느낄 수 있었습니다.

평생을 춘천 지역사회 공동체를 위해 헌신하셨던 선배시민들!
앞으로도 잘 모시고, 춘천이 더욱 풍요로워질 수 있도록
함께 만들어 가겠습니다.

선배시민 선언처럼,
선배시민이 걸어가면 그것은 곧
공동체의 새로운 길이 될 것입니다.

어버이날은 왜 안 쉬지?

이런 질문, 한 번쯤은 속으로 해보시지 않으셨나요?
우리 아이들을 위해 하루를 오롯이 내놓을 수 있다면,
아이들을 위해 1년 내내, 아니 평생토록 헌신해오신
세상 모든 어머님과 아버님들께도 온전한 하루,
그 노고에 감사하고 위로하는 시간을
가져야 하는 것은 아닐까요?

그래서! 어버이날을 공휴일로 정하고자
「공휴일에 관한 법률」 개정안을 준비했습니다.
사회와 세대가 변함에 따라 효의 방식이 변할 수는 있지만,
부모에 관한 관심과 존중은 변질되거나
훼손되어선 안 되는 중요한 가치입니다.

물론 퇴색하는 효에 대한 관념이 공휴일 하루를
지정하는 것만으로 당장의 변화를 가져오긴 어렵겠지만,
이번 입법으로 부모와 자식 간 고마움을 나눌 수 있는
좋은 시간과 기회가 되길 진심으로 바라봅니다.

어버이날에는 저도 미리 동그라미 그려두고
어머님, 아버님을 여유롭게 찾아뵈어야겠습니다.

세배

'새해 복 많이 받으시고 건강하십시오'
설날에는 차례를 지내고 세배를 드립니다.

설날(Korean New Year)은
살날입니다, 살아갈 날이죠.
한 해가 개시되는 새로 온 날(선날)이기도 합니다.
한 살 더 먹는 날이기에
나이 값(살날)하면서, 좀 더 신중하고 조심하라는 의미로
설날(섶날)이라는 뜻도 있다고 합니다.
모두 설날 하세요!

나를 울린 생일상

제 생일을 맞아,
잠시 시간을 내어 양구 부모님을 찾아뵈었습니다.
여전히 저보다 더 밝으십니다.
생일이라고 삼겹살, 목살, 항정살 가득 차려주셨습니다.
'고기 먹고 힘내라고'
상을 준비해놓고 저를 기다리셨을
부모님의 마음에 힘이 났습니다.
다시 춘천 오는 길….
목이 좀 메었습니다.
사실, 혼자 눈물 쪼금 흘렸습니다.
더욱 힘있고 당당하고 희망차게 살아가겠습니다.
오늘의 삶을 주신 모든 분들께 감사하고 고맙습니다.
멋지게 해내겠습니다.

2021년 3월 29일 내 생일날 부모님과 함께

아버지의 땅, 어머니의 밭

아버지의 땅, 어머니의 밭에 가서
잠시나마 막바지 가을걷이를 함께했습니다.
김장배추도 제법 굵게 잘 자랐습니다.
뽑아놓은 고춧대에선 고추장 찍어 먹을
잘고 부드러운 고추들을 많이 떨어냅니다.
대추도 태양을 듬뿍 품었습니다.
올해도 자연의 아름다운 사랑과 부모의 사랑이 가득합니다.
고맙습니다. 사랑합니다.

2020년 10월, 부모님과 함께 가을걷이를 하다

/

보고 싶다고 부르서서 달려왔습니다.
양구 장날 진이네 식당에서 국밥 한그릇 먹고
이런저런 이야기꽃이 피었습니다.
올 농사도 잘 됐다고 자랑하십니다.
뚱단지(돼지감자)만 작황이 안 좋다고 아쉬워하시네요.
내년 농사를 위해 소똥도 다 퍼놓았다고 뿌듯해하십니다.
그런데 올 농사 소출을 임플란트하는데 다 쓰셨다고….
뵙고 나니 참 잘 왔다는 생각이 듭니다.

2020년 11월, 양구장날 부모님과 식사를 하고

부모님 뵈러 양구에 왔습니다.

청양고추에 비료를 주고 계셨습니다.

상추, 고추, 아욱, 근대, 파, 호박, 토마토 등

무럭무럭 잘 자라고 있습니다.

자전거타고 집으로 향하는 아버지와 어머니를 뒤따릅니다.

늘 이 모습 그대로 계셨으면 좋겠습니다.

그제 화이자백신을 맞으셨는데 거뜬 하십니다.

이렇게 일상은 회복되어 가는 것이겠지요.

2021년 5월, 집으로 향하는 부모님의 뒷모습을 보며

Part.5 수구초심
춘천대길 그리고 나의 근본이 되는 모든 것

땡볕입니다.

타들어가는 작물에 물을 줍니다.

앉은 키보다 크게 자란 고추밭에서 청양을 땁니다.

낫을 갈아 주변 잡초를 베었습니다.

오랜만에 진땀을 흘렸습니다.

뻐근하지만 기분이 좋습니다.

품삯으로 호박, 토마토, 가지, 브로콜리, 깻잎, 당근을 받았습니다.

아버지는 혼자 일하시는데 꼭 마스크를 쓰십니다.

어머니는 "벗으라 벗으라 하는데도 안 벗는다"고 타박을 하십니다.

우리 부모님들은 늘 이런 모습입니다.

나라 일이라면 고집스럽게 지킵니다.

저도 지킬 일을 생각해 봅니다.

늘 부모님께 배우고 땅을 통해 배웁니다.

2021년 7월, 햇빛이 뜨거운 여름날 부모님의 밭에서

／

어머니, 아버지가 갑자기 보고 싶어 일정을 제끼고 양구에 왔다 갑니다.
좋아하시는 메기 매운탕도 사드렸습니다.
상추 심은 데 잡초도 뽑아드렸습니다.
오이, 파, 가지, 양상추, 양배추, 호박 가득 담아갑니다.
언제나 그 자리에 계셨으면 좋겠습니다.
언제든 부모님의 품으로 돌아갈 수 있는 지금에 감사할 따름입니다.

2023년 7월, 부모님이 갑자기 보고싶었던 어느 날

/

감자를 얻으셨다고, 가져가라고 저를 부르셨습니다.
그냥 아들이 또 보고싶으셨던 것이겠지요.
저도 일찍 시동을 걸어 달려갔습니다.
비오는 날 밭에 다녀오시는 길.
가지, 호박, 청양고추를 가득 담은 어머니의 삼발이 자전거가
바로 눈에 들어옵니다.
빨간 우비 입은 울 엄마의 뒷모습에
그냥 눈물이 울컹울컹 비처럼 쏟아집니다.
구석구석 성한 곳 없는 몸이신데….
그저 엄마의 마음이 제 가슴을 찌릅니다.

2023년 7월, 감자를 가지러 간 부모님 댁에서

Part. 5 수구초심
춘천대길 그리고 나의 근본이 되는 모든 것

허영 50문 50답

QnA

01 내 이름의 만족도		**지금은 만족!** (어렸을 땐 불만족, 이유는 이름이 쉬워서)
02 MBTI 유형		ENFJ-T (선도자형 인물)
03 인생 영화		아바타
04 최근 관심사		정원
05 용기를 얻게 되는 것		칭찬
06 좋아하는 책		나의 문화유산 답사기
07 전공 또는 배우고 있는 것		정치학
08 살아보고 싶은 해외		스위스
09 좋아하는 도시(국내)		당연히 춘천시
10 좋아하는 가수		김광석
11 좋아하는 음료		커피
12 좋아하는 음식		두부 음식
13 가장 많이 쓰는 닉네임		불타는 감자
14 혈액형		O형
15 나를 한 문장으로 표현한다면		웃음이 가득한 사람, 또는 긍정적인 사람
16 나랑 닮은 동물		개! 이유는 개띠니까(?)
17 스스로를 사랑하는 정도(0~100)		100점
18 제일 좋아했던 과목		국어
19 제일 잘했던 과목		국어, 생물
20 나는 [ ]에 미쳐있다		호수국가정원
21 살면서 꼭 이루고 싶은 꿈이나 목표		강원특별자치도지사
22 나보다 더 행복하길 바라는 사람		딸과 아들
23 생일		1970년 3월 19일
24 휴대폰 배경화면		가족사진♡
25 특별한 추억이 있는 장소		**아내를 만났고, 아내와의 추억이 있는 고려대학교**

26	가지고 싶은 능력 한 가지	악기를 다루고 싶다. 예를 들면 기타?
27	좋아하는 유명인	류승완 감독
28	다룰 수 있는 악기	리코더
29	없으면 하루도 못 사는 물건	휴대폰
30	심심할 때 하는 것	걷는다!
31	좋아하는 운동	축구
32	수집하고 있는 것	책과 우표
33	주량 & 술버릇	소주 2병, 많이 취하면 잔다
34	벼락치기 vs 꾸준히	꾸준히 하는 스타일
35	인생에서 가장 소중하다고 생각하는 것	가족
36	아무리 들어도 질리지 않는 노래	사람이 꽃보다 아름다워 (안치환)
37	좋아하는 동물	강아지와 고양이
38	가장 어릴 때의 기억	양구 중앙시장에서 숨바꼭질하며 뛰어놀던 기억
39	끝까지 잃고 싶지 않은 나의 정체성	긍정적이고 열정적인 사람
40	자부심을 느끼는 것	춘천의 대표일꾼
41	내 신체 중 특이하다 생각하는 부분	푹 패인 보조개
42	쓸데없지만 알리고 싶은 나에 대한 tmi	양손, 양발 다 쓸 수 있음! (운동할 때 큰 장점)
43	스트레스 해소법	걷기
44	유리 멘탈 vs 강한 멘탈	강한 멘탈이면서 초긍정
45	내가 생각하기에 가장 멋있었던 시기	대학 총학생회장이던 시절
46	내가 빠지지 않고 하는 하루 일과	책 읽기! 조금이라도 꼭 읽는다
47	좋아하는 인용구	희망은 힘이 세다
48	사람들이 말하는 내 첫인상	인상이 참 좋다! 웃는 모습이 좋다!
49	나에게 있다고 믿는 초능력	초긍정의 힘
50	지금 가보고 싶은 곳	이집트 피라미드

허영이 발의한 법안

허영이 발의한 법안

번호	진행상태	의안명	진행상태
1		강원특별자치도 설치 등에 관한 특별법 전부개정법률안(허영의원 등 86인)	대안반영
2		궤도운송법 일부개정법률안(허영의원 등 10인)	대안반영
3		강원특별자치도 설치 등에 관한 특별법 일부개정법률안(허영의원 등 10인)	대안반영
4		수자원의 조사·계획 및 관리에 관한 법률 일부개정법률안(허영의원 등 12인)	대안반영
5		자동차관리법 일부개정법률안(허영의원 등 12인)	대안반영
6		역사문화권 정비 등에 관한 특별법 일부개정법률안(허영의원 등 18인)	대안반영
7		강원평화특별자치도 설치 등에 관한 특별법안(허영의원 등 19인)	대안반영
8		야생생물 보호 및 관리에 관한 법률 일부개정법률안(허영의원 등 19인)	대안반영
9		공익사업을 위한 토지 등의 취득 및 보상에 관한 법률 일부개정법률안(허영의원등19인)	대안반영
10	본회의 통과	철도안전법 일부개정법률안(허영의원등13인)	대안반영
11		공동주택관리법 일부개정법률안(허영의원등12인)	대안반영
12		수목원·정원의 조성 및 진흥에 관한 법률 일부개정법률안(허영의원 등 13인)	대안반영
13		하도급거래 공정화에 관한 법률 일부개정법률안(허영의원 등 12인)	대안반영
14		지방자치법 일부개정법률안(허영의원 등 10인)	대안반영
15		국가재정법 일부개정법률안(허영의원 등 22인)	대안반영
16		국가회계법 일부개정법률안(허영의원 등 22인)	대안반영
17		역세권의 개발 및 이용에 관한 법률 일부개정법률안(허영의원 등 10인)	수정가결
18		산업입지 및 개발에 관한 법률 일부개정법률안(허영의원 등 12인)	수정가결
19		빈집 및 소규모주택 정비에 관한 특례법 일부개정법률안(허영의원 등 17인)	수정가결
20		지역 개발 및 지원에 관한 법률 일부개정법률안(허영의원 등 10인)	수정가결
21		건축물관리법 일부개정법률안(허영의원등13인)	수정가결
22		조세특례제한법 일부개정법률안(허영의원등13인)	수정안반영
23		녹색건축물 조성 지원법 일부개정법률안(허영의원 등 10인)	소관위심사
24		국가유공자 등 예우 및 지원에 관한 법률 일부개정법률안(허영의원 등 52인)	소관위심사
25	소관위 심사	주거기본법 일부개정법률안(허영의원 등 11인)	소관위심사
26		경계선지능인 지원에 관한 법률안(허영의원 등 57인)	소관위심사
27		국립대학의 회계 설치 및 재정 운영에 관한 법률 일부개정법률안(허영의원 등 10인)	소관위심사
28		주차장법 일부개정법률안(허영의원 능 10인)	소관위심사

번호	진행상태	의안명	진행상태
29		건축법 일부개정법률안(허영의원 등 11인)	소관위심사
30		아동·청소년의 성보호에 관한 법률 일부개정법률안(허영의원 등 11인)	소관위심사
31		건설산업기본법 일부개정법률안(허영의원등11인)	소관위심사
32		공휴일에 관한 법률 일부개정법률안(허영의원 등 10인)	소관위심사
33		건설기술 진흥법 일부개정법률안(허영의원등10인)	소관위심사
34		건축법 일부개정법률안(허영의원 등 12인)	소관위심사
35		건축법 일부개정법률안(허영의원등11인)	소관위심사
36		발달장애인 권리보장 및 지원에 관한 법률 일부개정법률안(허영의원 등 12인)	소관위심사
37		강원특별자치도 설치 등에 관한 특별법 일부개정법률안(허영의원 등 10인)	소관위심사
38		주거기본법 일부개정법률안(허영의원 등 10인)	소관위심사
39		아동복지법 일부개정법률안(허영의원 등 11인)	소관위심사
40		댐 주변지역 친환경 보전 및 활용에 관한 특별법 일부개정법률안 (허영의원 등 11인)	소관위심사
41		도시개발법 일부개정법률안(허영의원 등 11인)	소관위심사
42	소관위 심사	녹색건축물 조성 지원법 일부개정법률안(허영의원 등 15인)	소관위심사
43		에너지이용 합리화법 일부개정법률안(허영의원 등 13인)	소관위심사
44		개발이익 환수에 관한 법률 일부개정법률안(허영의원 등 19인)	소관위심사
45		건설산업기본법 일부개정법률안(허영의원 등 12인)	소관위심사
46		수도법 일부개정법률안(허영의원 등 10인)	소관위심사
47		주택법 일부개정법률안(허영의원 등 10인)	소관위심사
48		건축법 일부개정법률안(허영의원 등 10인)	소관위심사
49		주택법 일부개정법률안(허영의원 등 13인)	소관위심사
50		공익사업을 위한 토지 등의 취득 및 보상에 관한 법률 일부개정법률안 (허영의원 등 20인)	소관위심사
51		남북협력기금법 일부개정법률안(허영의원 등 14인)	소관위심사
52		국가균형발전 특별법 일부개정법률안(허영의원 등 14인)	소관위심사
53		국가재정법 일부개정법률안(허영의원등14인)	소관위심사
54		부담금관리 기본법 일부개정법률안(허영의원등14인)	소관위심사
55		산업집적활성화 및 공장설립에 관한 법률 일부개정법률안(허영의원 등 16인)	소관위심사
56		건축기본법 일부개정법률안(허영의원 등 19인)	소관위심사

번호	진행상태	의안명	진행상태
57		건축법 일부개정법률안(허영의원 등 19인)	소관위심사
58		소음·진동관리법 일부개정법률안(허영의원등19인)	소관위심사
59		조세특례제한법 일부개정법률안(허영의원등11인)	소관위심사
60		산업집적활성화 및 공장설립에 관한 법률 일부개정법률안(허영의원등12인)	소관위심사
61		뿌리산업 진흥과 첨단화에 관한 법률 일부개정법률안(허영의원등11인)	소관위심사
62		유통산업발전법 일부개정법률안(허영의원 등 13인)	소관위심사
63		지방세특례제한법 일부개정법률안(허영의원 등 14인)	소관위심사
64		조세특례제한법 일부개정법률안(허영의원 등 14인)	소관위심사
65		국유재산특례제한법 일부개정법률안(허영의원 등 14인)	소관위심사
66		저수지·댐의 안전관리 및 재해예방에 관한 법률 일부개정법률안(허영의원 등 12인)	소관위심사
67		재난 및 안전관리 기본법 일부개정법률안(허영의원 등 12인)	소관위심사
68		부동산 거래신고 등에 관한 법률 일부개정법률안(허영의원 등 13인)	소관위심사
69	소관위심사	대리점거래의 공정화에 관한 법률 일부개정법률안(허영의원 등 12인)	소관위심사
70		독점규제 및 공정거래에 관한 법률 일부개정법률안(허영의원 등 12인)	소관위심사
71		가맹사업거래의 공정화에 관한 법률 일부개정법률안(허영의원 등 12인)	소관위심사
72		지방재정법 일부개정법률안(허영의원 등 22인)	소관위심사
73		지방회계법 일부개정법률안(허영의원 등 22인)	소관위심사
74		지방자치단체 기금관리기본법 일부개정법률안(허영의원 등 22인)	소관위심사
75		공공건축특별법안(허영의원 등 11인)	소관위심사
76		토양환경보전법 일부개정법률안(허영의원 등 28인)	소관위심사
77		에너지산업융복합단지의 지정 및 육성에 관한 특별법 일부개정법률안(허영의원 등 24인)	소관위심사
78		공직선거법 일부개정법률안(허영의원 등 20인)	소관위접수
79		국가재정법 일부개정법률안(허영의원 등 16인)	소관위접수
80		부담금관리 기본법 일부개정법률안(허영의원 등 15인)	소관위접수
81		댐건설·관리 및 주변지역지원 등에 관한 법률 일부개정법률안(허영의원 등 16인)	소관위접수
82		물관리기본법 일부개정법률안(허영의원 등 15인)	소관위접수

번호	진행상태	의안명	진행상태
83	소관위 심사	국회에서의 증언·감정 등에 관한 법률 일부개정법률안(허영의원 등 26인)	소관위접수
84		감사원법 일부개정법률안(허영의원 등 17인)	소관위접수
85		주차장법 일부개정법률안(허영의원 등 12인)	소관위접수
86		제조물 책임법 일부개정법률안(허영의원 등 11인)	소관위접수
87		저탄소 녹색성장 기본법 일부개정법률안(허영의원 등 13인)	소관위접수
88		농민기본소득법안(허영의원 등 66인)	소관위접수

허영이
발의한 법안